風を縫《ぬ》う

あさのあつこ

実業之日本社

風を繍《ぬ》う

〔目次〕

一　流《りゅう》水《すい》草《くさ》花《ばな》模《も》様《よう》……5

二　秋《あき》草《くさ》千《ち》鳥《どり》模《も》様《よう》……27

三　藤《ふじ》花《ばな》舟《ふね》模《も》様《よう》……57

四　唐《から》草《くさ》模《も》様《よう》……80

五　蛇《じゃ》籠《ろう》桜《おう》花《か》文《も》字《じ》模《も》様《よう》……94

六　梅《うめ》花《ばな》模《も》様《よう》　111
七　菊《きく》流《りゅう》水《すい》模《も》様《よう》　134
八　花《はな》折《おり》枝《えだ》模《も》様《よう》　155
九　龍《たつ》田《た》川《がわ》模《も》様《よう》　177
十　小《こ》梅《うめ》模《も》様《よう》　199
十一　風《ふう》雪《せつ》飛《あ》鳥《すか》模《も》様《よう》　223

装画　田尻真弓
装幀　松田行正

一　流水草花模様《りゅうすいくさばなもよう》

その人は、ひっそりと座っていた。

あまり静かなものだから、息さえしていないように思えた。

蠟色鞘《ろいろざや》の刀を傍らに置き、膝《ひざ》に手を置いている。かれこれ一刻が過ぎようかというのに、端座《たんざ》の姿勢を崩さない。

「おっかさん、あのお侍、いつまでいるの」

母のお滝《たき》に尋ねてみた。とたん、お滝の眉間《みけん》に皺《しわ》が寄る。

「おちえ、つまらないこと気にする暇があったら、台所を手伝いな。丸仙《まるせん》の娘は、十六にもなって台所仕事一つできないのかって、世間に嗤《わら》われちまうよ」

侍が一人、父を待って座敷に座っている。

それをつまらないことと言い切れるのか、おちえは首を傾《かし》げてしまう。

「だって、あの方、前にも一度おとっつぁんを訪ねていらしたでしょ。あ、いえ、これで三度目よね。あたしの留守のときにも一度、いらしたって平《へい》さんが言ってたもの。ねえねえ、お侍さまが縫箔屋《ぬいはくや》なんかに、何のご用事がある、きゃっ」

おちえは悲鳴を上げ、持っていた笊《ざる》を落としてしまった。口の端を思いっきり抓《つね》られたのだ。

「おっかさん、いきなり抓るなんて酷《ひど》いじゃない」

「酷いも雨樋《あまどい》もあるもんか。ほんとに、嫁入り前の娘がべらべらしゃべるんじゃないよ。少しは口をつぐんで、黙って働きな」

「おっかさん、いつも、おとっつぁんのこと、肝心要のところで黙っちまうってぶつぶつ文句言ってるじゃない」

「お生憎《あいにく》だね。文句なんかこれっぽっちも言った覚えはないよ。おとっつぁんは、縫箔の職人だ。しゃべってちゃ仕事にならないじゃないか。あたしは二十年近く縫箔屋の女房をやってんだよ。そのあたりは、ちゃんと心得てるさ」

「また、おっかさんたら、その場その場で言うことが違うんだから。ほんと、ずるい」

おちえは、ぷっと頰《ほお》を膨らませた。

お滝が笑う。

「評判の別嬪《べっぴん》さんが、そんな顔をおしでないよ」

声音には、八名川小町《やながわこまち》と謳《うた》われる娘への誇りが滲《にじ》んでいた。

おちえは黒眸《くろめ》勝ちの眼と肌の美しい娘だった。小さく、ぽってりした唇が愛らしく、娘盛りを迎えるこれから、さらに艶《あで》やかになるだろう。縫箔屋丸仙の娘を嫁にする果報者は誰だと、江《え》戸雀《どすずめ》たちが騒いでいる。

もっとも、おちえは己の顔立ちにそう頓着《とんちゃく》はしていない。「おちえちゃん、綺麗《きれい》におなりだね」と言われれば嬉《うれ》しくもあるし、滑らかな肌は自慢でもある。でも、そんなものがほんの一時の輝きでしかないことを十分に承知していた。

娘の盛りは瞬く間に過ぎていく。

黒髪は白髪に変わるし、肌はいつのまにか艶《つや》を失い皺や弛《ゆる》みができる。人の美しさなんて、束《つか》の間《ま》咲き、束の間に散っていく花に過ぎないのだ。徒花《あだばな》とまでは言わないが、誇るほどのものではない。誇るなら人の美ではなく、人の作りだした美ではないか。

父、仙助の手がける刺繍《ししゅう》の品々は、百年の二百年の千年の美しさを保ち続ける……ように、おちえには思えた。

絹糸、金糸、銀糸、漆《うるし》糸、金平箔《ひらはく》糸、銀平箔糸、綿糸等々。さまざまな色合い、品彙《ひんい》の糸。極細志きし、志きし、志べ、細八、糸八、太八、常細、常太、天細、天太、相中、松縫、別太。やはりさまざまな類の針。

そして、職人たちの技と才と矜持《きょうじ》。

糸と針と人が一体となり、布の上に鮮やかな模様を生み出す。人の儚《はかな》い美と違い、千年を生きる美が現れるのだ。

おとっつぁんの仕事って、すごい。

いつだったか、おちえが称賛を口にすると、仙助は照れるでもなく嬉しがるでもなく、真顔で首を振った。

「千年？　さぁどうだかな。おれは、今んとこ三月先の納期のことで頭が一杯なんだ。来来世《らいらいせ》世《せ》のことまで構っちゃいられねえよ」

仙助は三代続いた縫箔屋丸仙の主《あるじ》で、今年四十を迎えた。抱えの職人は十人に満たない小体《こてい》な所帯だが、注文は引きも切らず舞い込んでいた。腕が抜きんでていたからだ。

丸仙の刺した帯から鶴《つる》が抜け出て、東の空に飛び去ったそうだ。

さる大名の姫さまのお打ち掛けからは、牡丹《ぼたん》の花弁が散ったとか。

御所車がからからと音をたてて回ったとも聞いたぞ。

そんなうわさが、人の口の端に上り、流布していく。それほどの評判になっていた。もっとも、当の仙助は巷説《こうせつ》を耳にするたびに、苦笑いするか、真顔で肩を竦《すく》めるかだった。

「そんな馬鹿なこたぁあるわけねえだろう。まるで、怪談噺《かいだんばなし》じゃねえかよ。刺した物が現《うつつ》に飛び出してくるなら、虎《とら》や竜なんざおっかなくて、金輪際、刺せねえぜ。くわばらくわばら」

「おとっつぁん、そういうのを減らず口って言うんじゃないの。もっと素直に喜べばいいのに」

「帯や打ち掛けから、刺し物が抜け出たなんて埒《らち》もないうわさで喜んでいるようじゃ、まだ、半人前さ」

「ええっ、それならどうなったら一人前の縫箔職人なの」

「そんなこたぁ、おまえに言ってもしょうがねえだろう。職人になるわけじゃなし」

仙助はにべもない言い方をした。

縫箔は男の仕事だ。江戸でも京でも、昔から決まっていた。

丸仙でも仕事場に女は立ち入らない。掃除や道具の片付けも、新入りの弟子がする。その弟子もむろん、みんな少年だ。

女を忌《い》んでいるわけではない。

今、仙助が手掛けているのは歌舞伎衣装だが、絢爛《けんらん》な打ち掛けも帯も、多くは女たちが身に纏《まと》う。大身の武士の妻か娘、町方であれば名のある豪商の家人、あるいは吉原《よしわら》の遊女三千人の最上位につく大夫《たゆう》あたりであれば、だが。要するに、おちえたち下々《しもじも》の女には縁のない代物だ。それは、簪《かんざし》や笄《こうがい》、櫛《くし》も同じだ。豪華になればなるほど、見事な品であればあるほど、おちえたちからは遠くなる。縫箔屋の娘でありながら、おちえは木綿の縞《しま》か小紋しか着たことがない。もっとも、友禅の小袖を着たいとも、目にも眩《まばゆ》い打ち掛けを羽織ってみたいとも、おちえはちらりとも思わない。

邪魔なだけだ。

今、身に着けている碁盤格子の木綿小袖だとて、動きやすいように裾《すそ》を短くしている。おちえは、しゃきしゃきと軽やかに動く身体《からだ》が好きだった。裾を引き摺《ず》るような着物や重い打ち掛けなど、まっぴらだ。頼まれたって、御免こうむる。

縫箔が男の仕事であるのは、それだけ力が要るからだと、仙助は言う。ぴんと張った布に迷いなく針を刺していく。その勢いが女には出せないのだと。

「まっ、おめえみてえな気性の娘なら、迷うことなんざねえのかもしれねえな。そんじょそこらの男より、よっぽど思いっきりがいいんだからよ」

「あら、おとっつぁん。おだてても駄目よ。あたし、縫箔師になんてなれっこないから」

「たりめえよ。ところ構わずぶすぶす、針を突き立てられちゃあ泣いても泣き切れねえよ。こちらから、願い下げだね」

「まっ、失礼しちゃうわ。それじゃ、あたしのお針がめちゃくちゃみたいに聞こえるじゃない」

「むちゃくちゃだろうがよ。おまえの縫った襷《たすき》を結んだとたん糸が解《ほど》けてばらけてしまった、針が下手《へた》なのにも程があるって、おっかさんが嘆いてたぞ」

「……あれは、ちょっと慌ててたから……、慎重にやればほつれたりしなかったわ」

「嫁入り衣装を縫ったわけじゃねえ、襷だぜ。そんなもの、ちょいちょいと縫えなきゃあ、針を使ったことにはならねえぞ」

図星だ。

おちえは、仏頂面のまま黙り込むしかなかった。

針は苦手だ。襻一本、きちんと縫えない。

「しっかりしておくれよ。あんたが、あんまりお針下手なもんだから、おちえさんは本当に丸仙の親方の娘か、お内儀《かみ》さんの不義の娘じゃないかって陰口を叩《たた》かれそうで、あたしゃ気が気じゃないいんだ」

針稽古《はりげいこ》の度に、お滝から泣き言やら小言やらを聞かされる。

「誰がそんなこと言ってんのよ」

「言われてんじゃないかって気を揉《も》んでんだよ」

「馬鹿馬鹿しい。とんだ取り越し苦労だわ。おっかさん、そうやって世間の目ばっかり気にしてると早死にしちゃうからね」

「誰が早死にさせるんだよ。まったく、やっとうの腕ばっかり上達してどうすんのさ。そんなもの、嫁入り道具にも、婿寄せ器にもならないよ」

おちえは、市内の榊《さかき》道場に十二の歳《とし》から通っている。道場主の榊一右衛門《いちえもん》はかつて肥後《ひご》藩江戸屋敷の剣術指南を務めたほどの剣士だったが、どういう経緯か五十を前にして致禄《ちろく》し八名川町の外れに、道場を開いた。

身分も家柄も立場も問わず、すなわち、町人も武士も隔てなく志ある者全《すべ》てを門弟とする。それが、榊道場の方針だった。門弟の大半は武家の子弟だが、町人もそこそこの数、交ざっていた。女子も数人いて、道場内には闊達《かったつ》でのびやかな気が満ちていた。後に化政期と呼ばれ、江戸の町人文化が空前の繁栄をみせた時代である。政《まつりごと》を担うのは武士であっても、世を回す力は町人の側に移っていた。むろん、おちえはそんなことは知らない。知らないまま居心地《いごこち》のよい場所で、せっせと稽古に励んでいた。

「そなたが男であれば、比類なき剣士になったであろうにな」

師一右衛門をしてそう言わしめた剣才が、おちえには備わっている。

「やっとうが幾ら使えたからって、おまえは町方の女なんだよ。腰に大小ぶら下げて歩くわけにはいかないんだ。まったくね、剣の腕なんぞ何の得にもなりゃしない」

「あら、榊先生の道場で稽古したらって勧めたの、おっかさんじゃなかったっけ」

「う……それは」

たいていは我慢して、はいはいと受け流しているが、繰り言があまり長引くようなら、ちくりと一刺しして母の口を止める。

「だって、あのときはいろいろと物騒な事件が相次いだじゃないか。親はみんなあれこれ手立てを講じて……」

おちえが十二歳の春、深川《ふかがわ》のあちこちで無残な事件が多発した。若い娘が斬《き》り殺され、ある者は竪川《たてかわ》に投げ捨てられ、ある者は草むらに打ち捨てられたのだ。その数は五人にのぼった。

娘を持つ親は震えあがった。五人目の娘が、まだ日のある時分に殺されたことが怖じ気《おけ》、怯《おび》えに輪をかけた。家屋敷の奥深く、娘を仕舞い込めるお大尽ならいざしらず、貴重な働き手である下町の娘を家に閉じ込めていては埒が明かない。子守、使い、商いの助手《すけて》、内職、家事。やるべきことは山ほどある。

幸いなことに、娘殺しは五人でぴたりと鳴りをひそめ、表だった動きはなくなった。安堵《あんど》したものの、憂いがなくなったわけではない。下手人は捕まっていないのだ。いつまた現れ、娘の血を求めるかしれない。

どうしたらいいだろうか。どうすれば……。

考えあぐねた末、お滝はおちえを剣の道場に通わせることに決めた。我が身を己《おのれ》で護《まも》る術《すべ》を身に付けさせようとしたのだ。この殺人鬼だけでなく、江戸には不逞《ふてい》の輩《やから》がごろごろしている。女を力尽くで手ごめにするなど雑作《ぞうさ》もない連中だ。護身術としての剣を習うのも悪くはない。

母親として、お滝なりの思案だった。

まさか我が娘が、師を唸《うな》らせるほどの剣才の持ち主であったとは夢にも思っていなかった。こんな誤算が生じるとはと、お滝は頭を抱えているのだ。

おちえは剣に夢中になり、めきめきと音に聞くほど腕を上げていった。今では、武家の男たちとも互角に戦える。母親の憂慮など何処《どこ》吹く風の心持ちだ。

「娘の子が、しょっちゅう身体に痣《あざ》やら傷やらこしらえて、いったいどういうつもりだい。たいがいにおしよ」

お滝は嘆くばかりだが、仙助はおちえの一風変わった娘時代をおもしろがっているようだった。

「いいじゃねえか。強《つえ》え女子に惚《ほ》れる男ってのも、世間にゃ存外、いるもんだ。せっかくの器量なら、伸ばせるだけ伸ばしてやんな。伸びりゃあ綺麗な花が咲こうってもんさ」

「あんた、朝顔じゃないんだからね。いえ、朝顔だって伸ばし放題にしてたら、お粗末な花しかつかないよ」

言い返しはするものの、仙助がよしと言うのなら無理やりな止め立てはできない。お滝は、渋々でも娘の道場通いを認めるしかなかった。

というわけで、おちえは針の手は一向に上がらないが、竹刀《しない》のさばきは見事に上達していったのだ。

「もう暗くなるわ」

おちえは襖《ふすま》で仕切られた座敷にちらりと目をやった。

このところ急に秋めいて、朝夕の風が涼やかを通りこして冷え冷えと感じられるようになった。日の脚も知らぬ間に速くなっている。一月前なら、この刻、まだ十分に明るく燕《つばめ》たちが飛び交っていた空が今は桔梗色《ききょういろ》に染まり、烏《からす》の声だけが響いている。

桔梗色の空の端を残照が金色に縁取っている。美しい光景だ。父の手によるあしらいのようだ。織りや染めで表された模様の一部分を繡《ぬ》い取り、あるいは縁取りをすることをあしらいと呼ぶ。あしらいによって、牡丹の花弁が浮かび上がり、夕空の雲が煌《きら》めく。

友禅の華やかな模様が親方の針でさらに華やかに、さらに気品を増していく様は、息を呑《の》むしかないと平助《へいすけ》は言った。仙助の傍らでその仕事振りをつぶさに見てきた一番弟子だ。反物の上に人の手で表された花は散らず、雲は流れない。しかし、今、おちえの目に映る空は刻々と色を濃くし、さっきまで金色だった縁取りはすでに金茶色の沈んだ輝きに変化している。巣に戻る鳥の声だけが変わらず、喧《かまびす》しい。

「行燈《あんどん》に灯《ひ》を入れて差し上げましょう」

独り言のように呟《つぶや》いて、立ち上がる。お滝が何か言ったが聞こえない振りをした。

どういう方なのかしら。

気になってしかたがない。

若い侍を座敷に通し、茶を出したのはおちえだ。丸仙には、お富《とみ》とおまさという二人の下女がいるが、職人たちの賄いで精一杯だ。お富は若く仕事の要領が悪いし、おまさは年寄りでてきぱきとは動けない。客のもてなしはおちえに任されることも多かった。

客は大半が男なので、おちえがもてなせば相好を崩す者が多い。

「おじょうさんに淹《い》れていただくと、お茶の香りも一段と香ばしくなる気がいたしますな」

と、世辞をすらりと口にする客もいた。

「今出した茶は京からの下り物だよ。誰が淹れたって香ばしいに決まってるじゃないか。まったく男ってのは、どうしてああも好き勝手な甘言を言うんだろうね」

文句をつけながらも、娘を褒めそやされてお滝は、まんざらでもない様子だった。そういう客たちに婿の当てを、ちゃっかり頼んだりもしているのだ。

丸仙にはさまざまな客が来るが、若い侍は初めてだ。しかも、三度続けて足を運んでいる。品の注文に来たようでも、用件を伝えに来たようでもない。張り詰めた気配を身に纏っている。

何事だろう。

興がつのる。

侍が目立つほど端正な顔立ちをしているのにも片心《かたごころ》がそそられた。美しい若い侍は何ゆえに丸仙に足を運んでいるのか。小さな謎がおちえの胸を躍らせた。

「失礼いたします。行燈の灯をお入れいたします」

他所《よそ》行きの声を出し、行燈の芯《しん》に小壺《こつぼ》から取り出した炭火を近づける。客間なので、上等の菜種油を用いていた。

ぼわりと周りが明るくなる。

「お心遣い、痛み入ります」

侍が身じろぎする。

行燈の淡い明かりに照らされ、面《おもて》が白く浮き上がっていた。

まぁ、ほんと綺麗な方。

寸の間、見惚《みと》れていた。

眼が合い、慌てて睫毛《まつげ》を伏せる。まじまじと相手を見詰めていたなんて、あまりに無遠慮だ。はしたない。

薄闇に紛れて、上気した頬に手をやった。

「あ、あの……お茶を淹れ直して参ります。長くお待たせして、申し訳ございません」

「いや、何の約定もなく訪ねたのです。待つのは当然。庭先でなく座敷に上げていただけた。ありがたいと思っております」

侍はもの静かで柔らかな物言いをした。姿形によく似合っている。落ち着いた所作だが、とても若かった。前髪を下ろしたばかりかもしれない。それなら、おちえとそう変わらぬ年だ。

「それに、ここに通していただいたおかげで、このような麗しい物を眼にできた。まさに眼福です」

「え？　ああ……」

若侍の視線を追って、おちえは小さく息を吐いた。

座敷に床の間は設けられていない。上座に当たる場所に衣桁屛風《いこうびょうぶ》を置き、小袖を飾ってある。

祖父の二代目仙助の刺繡が施されていた。

流水草花模様《りゅうすいくさばな》。

優美な曲線を描いて肩から裾へと流れる水の畔《ほとり》にさまざまな草花が咲き誇っている。肩口に咲く豪奢《ごうしゃ》な桜は、腰の辺りで蛍の舞う草むらと牡丹になり、下って深紅の紅葉《もみじ》の葉に変わる。

水は裾いっぱいに雪の中に咲く紅梅や雪割草の間を流れ、何処《いずこ》ともなく消えていった。牡丹の花には漆黒の蝶《ちょう》が群れ、紅葉の一枚には飛蝗《ばった》が載っている。それらが全て刺繡で表されているのだ。蛍の光を浮かび上がらせる闇さえ漆黒の糸で作られていた。

人が身に着ける物というより、絢爛《けんらん》な屛風絵のようだった。

「親父《おやじ》はすごかった。今のおれじゃあとうてい太刀打ちできねえ。一生かかっても超えられるかどうか、正直、怪しいもんだ」

おちえが生まれてまもなく亡くなった祖父を、仙助は惜しみなく称《たた》えていた。

「糸は必ず色が褪《あ》せる。鮮やかな色合いが褪せて落ち着く。そこに糸の本当の色が出てくるんだ。親父はそこまで見据えて、糸を刺していた。刺したばかりの鮮やかさもよし、十年経《た》って色が落ち着いたからこその艶やかさもよしってやつよ」

「お祖父《じい》ちゃん、そんなにすごい職人さんだったの」

「ああ、天からたっぷりと才を与えられた男だったぜ。親父が早くに亡くなったのも、仏さまがあの世で自分の衣に刺繡させるためじゃねえかと、おれは睨《にら》んでんだがな」

「まさか。おとっつぁんたら、冗談ばっかり」

笑おうとして、おちえは慌てて口を押さえた。仙助が真剣な面持ちだったからだ。

仏さまに呼び寄せられたほどの祖父。その人の刺した小袖は丸仙の座敷に守り神のように飾られている。

「これは先代の丸仙の主が刺したものです。お気に召しましたか」

「気に入るというより、魅せられた心地がいたします。人の手でここまで美しい物を生み出せるのですね」

「そうですね、確かに美しいとは存じます。でも……」

若侍がおちえに顔を向ける。眉《まゆ》も唇も優美な形をしている。横に置かれた太刀が、どうにも不釣り合いな優美さだ。

一息吐き出し、おちえは続けた。

「でも、あまり役には立ちそうに見えません。少なくとも、あたしたち町方の女には無用の長物です。汚せない着物なんて、絶対に着られないもの。なら、粋な格子や縞の方がずっといいです」

「え？　そういうものですか」

「そういうものです。貰《もら》うなら、着られない衣装より身に着けられるちょいと粋な物の方が、よっぽど嬉しいけどな」

「それは……丸仙の娘御《むすめご》とも思えぬ言葉ですね」

「本音ですもの」

「着てみたいとは思われませんか」

「この小袖を？」

若侍がうなずく。仄《ほの》かに笑みを浮かべていた。おちえは、流水草花模様の小袖をしばらく見詰め、かぶりを振った。

「思いません」

「こんなに美しいのに?」

「綺麗だけど、いかにも動き難《にく》そうでしょ。この小袖にならば昼夜帯を締めるってわけにはいかないですよね。帯にも相当の格式がないと釣り合わないですもの。そんな格好をしたら、走るのもままならなくなります」

「走る……のですか」

「ええ、走ります。あたし、しょっちゅう走ってるんです。お豆腐屋さんや魚屋さんを追いかけたり、お稽古に遅れそうになって急いだり。けっこう、速いんですよ。子どものときから駆けっこは一等、速かったんです。近所の誰にも負けなかったわ。おとっつぁん……父から、女飛脚になれば一儲《ひともう》けできるんじゃないかとか、韋駄天《いだてん》走りのおちえって異名が付くぞとか、よくからかわれてました」

口をつぐむ。

しゃべり過ぎだ。

武家を相手に口軽くしゃべるなんて、あまりに野放図だった。相手の醸し出す柔らかさについ、身分や弁《わきま》えを失念していた。

「あ……、と、とんだ不躾《ぶしつけ》なことを……。どうかご容赦くださいませ。えっと、あの……」

「挨拶が遅れました。吉澤一居《よしざわいちい》と申します」

「あ、はい。お、畏《おそ》れ入ります。丸仙の娘、ちえにございます」

深々と頭を下げる。

「はい、お名前は以前より耳にしておりました」

「え？」

急に顔を上げたせいか、首筋に痛みが走った。

「耳にしておられたって……それは？」

「いや、おちえ殿のおうわさを、道場仲間から聞き及んでおったのです。三本取りで、並いる剣士の誰にも一本も取らせぬままだったとか。神速の剣を遣われるとか。榊道場の白竜と謳われておられるとか」

ひえっと悲鳴をあげそうになった。

「嘘《うそ》、嘘です。それは多分に尾鰭《おひれ》がついてます」

慌てて打ち消す。

神速の剣などと言われると、赤面するしかない。三本取りの試合とて、誰にも勝てたわけではない。師範代の沢原荘吾《さわはらしょうご》にしたたかに打ちこまれ、膝をついたりもした。壁際まで追い詰められ、何とか凌《しの》いだこともある。

まったく、うわさなんていい加減なんだから。簡単に信じちゃ、とんでもない目に遭うわ。それに榊道場の白竜とは、誰が付けたのか何とも大仰な替名《かえな》だ。大仰過ぎて、恥ずかしがる気も起こらない。韋駄天走りのおちえの方が、よっぽどましではないか。

「あたし、そんなに強くありません。あたしが町人でしかも女だもんだから、みんなおもしろがって、あれやこれや大袈裟《おおげさ》に言いふらすのです。このままじゃ、そのうち、公方《くぼう》さまの御指南役に抜擢《ばってき》されたなんて話が独り歩きしちゃうわ」

はははと、一居が明朗な笑い声を上げた。

心地よい声だ。心が揺れる。

榊道場の門弟たちとも言葉は交わす。師の教えに則《のっと》り、道場内では身分による差別はほとんどなかった。さすが、男たちのように諸肌《もろはだ》脱いで井戸端で汗を拭《ぬぐ》う真似《まね》はできなかったし、着替えも裏の小部屋を借りて手早く済ませた。しかし、道場では同一門下の者として、ごく当たり前に話をし、挨拶を交わす。そんな空気が肌に合わず辞めていく武家の子弟もいたが、大らかな雰囲気を好んで、熱心に稽古通いを続ける者が大半だ。

おちえは、榊道場が好きだったし、師が好きだったし、そこに集う門弟たちが好きだった。共に竹刀を交え、話し、笑い合う一時《いっとき》が好きでたまらなかった。

でも、笑い声に心を揺さぶられたことはない。

「強くなければ強いというわさは立たないものでしょう。町人だ、女だという理由《わけ》だけで、人はそうそう騒がないものです」

一居がゆるりとした口調でそう言った。

「榊先生に言われたことが、あります」

居住まいを正し、告げる。

「遣い手とわからぬのが、真の遣い手。構えるのは相手の殺気を受け止める一瞬で十分。その折の他にまで隙を見せず、殺気を放つようでは武芸者としてはまだまだ未熟だと」

一居はうなずきも、訝《いぶか》しみもしなかった。おちえの言葉に、無言で耳を傾けている。気配がほとんど伝わってこない。

何だか、とても儚げな方だわ。

ふっと過《よぎ》った思いを抑え込んで、おちえは微笑《ほほえ》んでみせた。

「吉澤さまは、いかがでございましょうか。あたしには、吉澤さまが隙だらけに見えます。それは、手練《てだれ》の証なのでしょうか」

口にしてから、おちえは慌てた。初めて会った相手、しかも武家の男に対し、ずいぶんと生意気な物言いをしてしまった。

「あ……す、すみません。ご無礼を申しました」

いやと一居は笑った。

「なまくらな剣しか遣えない身なれば、隙も生じましょう」

嘘だと思う。榊道場の白竜はさすがに言い過ぎだが、おちえは他の娘のように護身や嗜《たしな》みのために精進しているわけではない。本気で剣と向きあっているのだ。だから、わかる。目の前の相手がどれくらいの遣い手なのか察するぐらいはできる。なまくらどころか、相当な刃だ。研ぎ澄まされて青く光を放っている。

このお方……何者？

「ご無礼ながらお尋ねいたしますが、吉澤さまも道場にお通いですよね」

「はい。三島《みしま》町の佐竹《さたけ》道場に十の歳から通っております」

「お強いのでしょうね」の一言を辛《かろ》うじて呑み下す。その代わり、さらに問いを重ねた。

「吉澤さまは、いったい何の御用でうちにいらしたのですか」

まさか、あたしのうわさを聞いて、興を覚えて……なんてことはないわね。

たまに、いや、かなりの頻度で垣根の向こうから中を窺《うかが》っている男に出くわす。職人たちが一喝すると、たいてい、尻絡《しりから》げに逃げていくのだが、図々《ずうずう》しくも「別嬪で、名うての遣い手と評判の娘を眼の肥《こや》しにしたくて、ちょいと覗《のぞ》かせてもらったんで。別に押し入ったわけじゃなし、見て減るもんじゃなし。文句を言うほど丸仙の親方はけちくさくねえだろう」と開き直る輩もいた。

「肥しならたっぷりくれてやる。おい、こいつを肥溜《こえだめ》に頭から突っ込んでやんな」

仙助の怒声に転がるように角に消えていった手合いと一居は、明らかに違う。面白半分に他家に上がり込むような男ではないだろう。

では、何のために？

知りたい。とても知りたい。疼《うず》くような衝動を覚えてしまう。

足音が近づいてきた。

一居がすっと下座に、身体をずらす。

「お待たせいたしやした」

障子戸が開き、仙助が入ってきた。

万筋《まんすじ》の小袖に平帯。いつもの出で立ちだ。白髪こそ目立つものの、居職《いじょく》とは思えない引き締まった身体をしていた。肩幅もあり腕にも胸にもきっちりと肉が付いている。この男の指先から、緻密《ちみつ》で絢爛な刺繍が生まれてくるとは俄《にわ》かには信じ難いと、他人《ひと》は言う。

「仕事に片ぁ付けるのに手間取りやして。えらく、お待たせしたようで、ごめんなさいよ」

「とんでもございません。詫びねばならぬのは、それがしにございます。約定もなく、まかり越しました」

仙助の眉間に浅く皺が寄る。

「確か吉澤さまと、おっしゃいましたね。この前も申し上げたじゃねえですか。お武家が、しかも二千石のお旗本の若さまが、職人風情に頭を下げちゃいけやせんよ」

「二千石！」

我ながら頓狂《とんきょう》な声を上げてしまった。

仙助が渋面のまま、おちえを睨《ね》める。

「いつまでそこに座ってんだ。用事がすんだらとっとと引っ込んで、飯の用意でもしな」

「え、でも……二千石のお旗本って……」

「おちえ！　ぶん殴られてえのか」

「はい、わかりました」

返事とは裏腹に、おちえは渋々立ち上がり、廊下に出た。障子を閉めようとしたとき、さらに低頭する一居の姿が見えた。

「仙助どの、どうか我が願いをお聞き届けください。なにとぞ、それがしを弟子の一端に加えていただきたい。この通り」

飛び上がるほど驚いた。

おとっつぁんの弟子？　お侍さまが？

行燈の火が揺れている。

障子に映る臙脂色《えんじいろ》の影を見詰めながら、おちえは何度も生唾《なまつば》を飲み込んだ。

二　秋《あき》草《くさ》千《ち》鳥《どり》模《も》様《よう》

丸仙の仕事場は十畳あまりの板敷になっている。そこに縫台《ぬいだい》を並べ、職人たちが座る。静かな場所だった。

ほとんど物音はしない。

これが織屋なら機《はた》の音がする。地機《じばた》、高機《たかばた》、空引《そらび》き機。機の違い、織物の違い、職人の違いで、音は微妙に異なるけれど、「ああ、ここで機を織っているのだな」と道行く人がわかる音が響くのだ。紺屋《こうや》にしても、染職人たちは動き回る。ご汁《じる》を作るために大豆を引き潰せば石臼《いしうす》が鳴るし、藍玉《あいだま》を甕《かめ》に入れてかき混ぜれば水が歌う。職人たちの話し声もするだろう。実にさまざまな音と生き生きとした空気が、醸し出されるはずだ。

ここで何かが生まれつつある、出来上がりつつある。そう感じさせる伸びやかで、心地よい音を聞かせてくれるのだ。

しかし、縫箔屋はそんなものとは無縁だ。

無音ではない。

生地を刺し、縫う針の音が微かに聞こえはする。微かな雨だれに似ている。いや、もっともっとかそけき音だ。耳を澄まし、聴こうとしなければ人の耳には届かない。人の声音も息遣いもほとんど伝わってこなかった。

「当たり前じゃねえか。ここは、織屋でも紺屋でもねえ。縫箔屋だ」

仙助は言う。

「縫箔屋の内でどたどた物音がしててどうするよ。おれたちの仕事は縫台の前に座って針を動かすだけだ。そこで、ちっとでも音を立てるような半端者じゃ、どう足掻《あが》いても務まらねえさ」

おちえも生まれたときから、縫箔屋の娘だ。それくらいは心得ている。だが、父に言い切られると、なぜだかさらに突っ込んで尋ねたくなるのだ。

「だって、職人さんたちだって人じゃない。長い間、座っているとお腹《なか》が鳴ることも、くしゃみをすることもあるでしょ」

「屁《へ》だって出るって言いてえのか」

仙助がにやりと笑った。

「もう、おとっつぁん、あたし、そんな尾籠《びろう》な話してないでしょ」

「くしゃみも屁も似たようなもんだろうが。上から出るか、下から出るかの違《ちげ》えだけじゃねえか」

「口とお尻とじゃ、えらい違いだわ。ええ、わかったわ。じゃあ、職人さんたちはくしゃみも出物もしないわけ?」

言外にまさかねという思いを込める。ところが、仙助はあっさり、

「そうだ」

と、答えた。

「本物の縫箔職人ってのはな、針を刺してるときは息さえ忘れるもんさ。屁やくしゃみなんて、そんなもなぁ端《はな》から無《ね》えも同じよ。尻の穴も口もぎゅっと締まってねえとな。そのくれえ一心に針を持たねえと、おれたちの仕事は務まらねえんだよ」

「そうか、剣と同じなんだ」

閃《ひらめ》いた思いが、つい、口をついてしまった。傍にいたお滝がとたん、眉間《みけん》に皺《しわ》を作る。仙助の方は、さもおかしげに口元を緩めた。

「剣と同じってのは、どういう料簡《りょうけん》でえ」

「え、あ……あの」

少し悔いて、少し口籠《くちごも》る。

つい、生意気な台詞《せりふ》を吐いてしまった。こういうところが、浅はかなのだと己を叱る。

父が縫箔について語るのはいい。語れるだけの年月を職人として生きてきたし、その年月に見合うだけ、いや、それ以上の腕の持ち主だ。おちえは、ほんの四年ばかり道場に通ったに過ぎないのだ。職人の道も剣の道も果てはない。延々と、遥か彼方《かなた》まで続く道をそれでも人は極めようとして必死に励み、鍛錬し、一歩一歩前に進む。その道のとば口におちえは立ったばか

りだが、仙助は既に二つも三つも峠を越しているのだ。

比べるものでも、比べられるものでもない。

「どうした、急に黙り込んでよ。父娘《おやこ》の間で遠慮はいるめえ。言いてえことを言ってみなよ。え？　どうなんだ、おちえ。縫箔の仕事と剣ってのが、どこでどう繋がるんだ。おとっつぁんに聞かせてみな。ちゃんと、聞いてやるからよ」

煙管《きせる》の灰をぽんと火鉢の中に落として、仙助はまた、にやりと笑った。娘の戸惑いや躊躇《ためら》いをひょいと摘《つ》まみ上げる軽やかさが、口吻《こうふん》に滲んでいた。

仙助は酒も煙草《たばこ》もほどほどにしか嗜《たしな》まないのだが、仕事を終え住まい用の部屋に帰ってきたときだけは、必ず煙管に火を点《つ》けた。幼いころ、父の口からぽかりと吐き出される紫煙を見ると、おちえはその胡坐《あぐら》の上に座り、「遊んで、遊んで」とせがんだものだ。

燻《くゆ》る煙は、狼煙《のろし》だった。仙助が丸仙の親方から、子煩悩《こぼんのう》で優しい父親に戻ったことを知らせてくれる。だから、おちえは煙草の煙が好きだった。

今はさすがに、紫煙に心が躍るようなことはない。むしろ、見るだけで喉がいがらっぽくなってくる。でも、ゆったりと寛《くつろ》ぎ、さも美味《うま》そうに一服する父の顔立ちは、やはり、好ましかった。

「あたしなんかが言うと、すごく口幅ったいんだけど……」

「ふむ、まあ、身内だからな。口幅ってえのも許されるんじゃねえのか。なぁ、お滝」

「知るもんかい。あたしは口幅ったいことなんか舌に載せたりしないからね。おちえ、生意気な口を利く暇があるなら台所を手伝いな。やらなきゃならないことは、山ほどあるんだよ」

言い捨てて、お滝が出て行く。

剣の話をするたびに、お滝の機嫌が悪くなるのはいつものことだから、おちえも仙助もさして気に留めない。お滝の気性からして、不機嫌は四半刻《しはんどき》も続かないはずだ。

「で？」

仙助が促してくる。本気でおちえの話を聞きたがっているようだ。

「あ、うん。そんな、大層なことじゃないけど……。お稽古でも、試合のときでも、こう剣を構えたときね」

まぼろしの柄を握って見せる。仙助は軽くうなずいた。

「気息と自分が一つにならないと駄目なの。駄目って言うか……そこがばらばらだと気が削《そ》がれちゃって、剣そのものが弱くなる……。えっと、つまり動きは鈍くなるし、相手の隙も捕えられないわけ」

「気が削がれるってのは、余計なところに目が行くってことか」

「目だけじゃなくて、耳も、鼻も。えっと……例えば相手と向き合っているときに、突然、虎が吼《ほ》えたとするでしょ」

「虎？　榊さまの道場には虎がいるのかよ。おれは自慢じゃねえが、生まれてこの方ただの一度も見たことねえぜ」

「あたしだってないわよ。譬《たと》えじゃない、譬え。虎が吼えても、鶴《つる》が鳴いてもいいけど、ともかく、その声に驚いてるようじゃ剣は遣えないでしょ。驚けば隙ができるし、隙ができれば打ち込まれた一撃をよけきれない」

ああと仙助は相槌《あいづち》を打ってくれた。うんうんと二度ばかり首肯し、僅かに目を伏せる。

「なるほどな。近くで虎が吼えようが鶴が鳴こうが、驚いちゃならねえってわけか。いや、むしろ、真の手練《てだ》れともなると端から聞こえてねえのかもな」

「そう、そうなの。榊先生がおっしゃるには、柳が風になびくように、雲が流れるように当たり前にいられること、それが肝要なんですって。剣と一体になれて初めて、剣が己のものになる。つまり、どんなに相手が強かろうが、剛力だろうがかかわりなく、己の剣を遣えるようになるって」

「なんだ。結局、榊さまの受け売りかい」

父親のからかいに、おちえはぷっと頬を膨らませた。

「もう、おとっつぁん、ここからを聞いてよ。おとっつぁん、さっき、針を刺してるときは息さえ忘れるって言ったでしょ。それは、剣にも通じるじゃない」

「雑念を払って、剣と一体になるってわけか」

「そうよ。剣と針が違うだけ」

「違うだけって、おちえ、そりゃあえらい違《ちげ》えだぜ。縫箔職人風情が、それこそ口幅ってえってもんさ」

「そうかなぁ……」

「そりゃあそうさ。剣を交えるってのは命のやり取りをするってことじゃねえか。おれたちは、そこまではやらねえよ。いくら針の腕が半端でも、命までは取られねえ。おまんまの食い上げにはなるかもしれねえがな」

おちえは心持ち首を傾げる。

同じだと思うのだ。

仙助の言う通り、職人たちは命のやり取りはしない。しかし、魂は込める。一針一針に己《おの》が魂を縫い込むのだ。だからこそ息さえかそけきものとなる。

丸仙の仕事場には、剣士同士の立ち合いの場と変わらぬ引き締まった気配があるではないか。それに、職人の針は布の上に見事な模様を生み出す。金糸、銀糸、さまざまな色糸が花になり、蝶になり、鳳凰《ほうおう》になり、水の流れに変わる。縫箔職人たちは、糸一本一本の色合いと十年後の褪《あ》せ方にまで心を馳《は》せて、針を刺す。おちえには縫箔の何がわかっているわけでもないが、仙助たちの為す仕事の見事さは、ずっと目にしてきた。

ふっと吉澤一居の面影が過《よぎ》り、おちえは「あっ」と声をあげそうになった。息と一緒に辛うじて飲み込む。

吉澤さまも、そのようにお考えになったのかしら。

考え、剣よりも針の生み出す美を究めたいと望んだのか。

あの日、仙助に弟子入りを拒まれた一居の、唇を引き結んだ横顔を思う。

しかし、仙助はそこまで大仰なものではないと笑った。おちえの言葉にしない思案を気取《けど》ったかのような笑い方だった。

「植木屋だって松の剪定《せんてい》をするときにゃ、息を詰めて形を見定めるし、蒔絵師《まきえし》は一心に模様を描くじゃねえか。みんな同じさ。縫箔屋だけが特別じゃねえよ。みんな気を張って仕事をしてんだ。だから、一仕事、終えると気が緩むってわけさ」

言いながら片尻を上げて、放屁《ほうひ》した。

「もう、おとっつぁん！　いいかげんにして。やだ、もう下品なんだから。大嫌い」

「しょうがねえだろ。仕事中、溜《た》まりに溜まったものを出さなきゃ、身体がおかしくならあ」

「だったら厠《かわや》に行ってやって。何もあたしの目の前ですることないでしょ。失礼よ」

「娘に失礼も、無礼もねえだろうが」

仙助がからからと笑ったとき、お滝が襖を開けた。

「二人ともいつまで、のんびりおしゃべりしてんだよ。あんた、さっさと湯屋にでも行っておいで。おちえはそろそろ道場に行く時間だろ。休んでもいいんだよ。休んで針の稽古でもするかい」

「うへっ」

おちえと仙助は同時に首を竦《すく》めた。

「おちえ、おれはな、針を持てば、虎が吼えても鶴が鳴いても気にはならねえさ。おまえだって、竹刀《しない》を握りゃあ同じだろうが」

「うん。そうね……」

「けどよ。お滝権現《ごんげん》の怒鳴り声だきゃあ、否《いや》が応《おう》でも耳に入ってくるぜ。刺繍どころの騒ぎじゃねえやな」

「あたしも。おっかさんに叱られたら手が震えて、竹刀なんか持ってられないかも」

仙助と顔を見合わせ、声を殺して笑った。


道場で汗を流し、さっぱりとした心持ちでおちえは歩いていた。

この一時が好きだ。汗と一緒に余計なものも流れて消えた気がする。むろん、それは束の間の快さに過ぎず、あれこれ思案することも、惑うことも悩むことも消え去ってはくれない。おちえのあちこちにくっついたままだ。それでも、今は気持ちいい。おちえは足取りも軽く、油屋の角を曲がった。

足が止まる。

「吉澤さま」

おちえは、我知らずその名を呟いていた。

数間先に吉澤一居が立っている。

もしかして、あたしを待っていて……。

一瞬、胸が高鳴ったけれど、すぐに凪《な》いで、いつも通りの鼓動を刻んだ。

一居が自分を待っていたと自惚《うぬぼ》れるほど、愚かではない。現に、一居が目を向けているのは、油屋の角ではなく、真向かいの半襟屋だ。おちえからは片顔しか見えない。

花井屋《はないや》というその店《たな》で、おちえも半襟を求めたことがある。小体な店だが、値が手頃なわりにあか抜けた品が多くて、この界隈《かいわい》では流行《はや》りの店の一つだった。

半襟を入れた縦長の箱は、通りに向けて台の上に立てかけられていた。台の後ろには端切れがずらりと吊《つ》り下げられ、その横では、子ども用の亀《かめ》の甲半纏《こばんてん》が揺れている。

一居は女たちで賑《にぎ》わう店先から、やや離れた場所に立ち何かを一心に見詰めていた。

その視線を辿《たど》ってみる。

ああと納得できた。

ずらりと並んだ箱の真ん中に刺繡を施した半襟が納まっている。桔梗《ききょう》、薄《すすき》、女郎花《おみなえし》、萩《はぎ》。秋の草花が抑えた色合いで縫い取られた中を茄子紺《なすこん》の千鳥が数羽、斜交《はすか》いに飛んでいた。草花も鳥も細部を思い切りよく略し、肥瘦《ひそう》のある柔らかな描線で表されている。花はほぼ丸に、千鳥は菱形《ひしがた》の角を欠いたような形に変わっていた。

光琳《こうりん》模様と呼ばれる模様だ。元禄《げんろく》の絵師、尾形《おがた》光琳の名に由来する。

おちえが生まれるよりずっと昔のこと、元禄の御世に一世を風靡《ふうび》した模様だと聞いた。

一居はその半襟に見入っている。

声をかけるべきか、どうか。おちえは暫《しばら》くの間、迷っていた。

声をかけたい気はある。十分にある。しかし、一居は武士だ。しかも、二千石の旗本の息男だとか。〝若さま〟と呼ばれる身であり、本来なら町娘のおちえが言葉を交わせる相手ではない。つまり通りで行き合ったからといって、気軽に話しかけられるものではないのだ。

それくらいの分別は持っている。

それに、あたし、髷《まげ》も結ってないし……。

道場稽古からの帰りだった。稽古中は、髪を垂らし一括《ひとくく》りにする。それを一々、結い直すのが面倒で、稽古が終われば頭上に巻きあげて簪《かんざし》で留めてしまうのだ。このところ流行りの、しのびづきみたいだと自分では思っているが、母のお滝には、

「おちえ、いいかげんにおし。なんだい、そのお頭《つむ》は。ざんばら髪の一歩手前じゃないかよ。そんな髪で堂々と昼日中の通りを歩けるのは、火事で焼け出されたお人かおまえぐらいのもんだね。焼け出されたのなら、他人さまは可哀《かわい》そうにとうなずいてもくれようが、おまえの形《なり》には呆《あき》れ果てるか、嗤《わら》うかだよ」

と、嫌味と嘆きをしょっちゅうぶっつけられている。

髪はまだいいとして、少し汗臭いかもしれない。

おちえは、胸元に鼻を近づけて身体《からだ》の匂《にお》いを嗅《か》いでみた。

今日は地稽古の後、榊道場恒例の五人抜きの試合があった。門弟たちが二組に分かれ、勝ち抜き勝負を戦うものだ。五人を倒せば、一右衛門から褒美の小刀が与えられる。おちえは見事勝ち抜き小刀を手にしたが、さすがに汗まみれになった。濡《ぬ》らした手拭《てぬぐ》いで綺麗に拭《ふ》き取ったつもりだが、滴るほどの汗の匂いは、まだ微かに残っているみたいだ。これでは、幾ら何でも気が引ける。

帰ってすぐ、湯屋に行くつもりだった。湯上がりの仄《ほの》かな糠袋《ぬかぶくろ》の香りなら、少しも恥ずかしくはなかったものを。

一居が身じろぎする。

おちえは顔を背け、一居とは反対側に歩き出した。竹刀の先で稽古着の入った袋が揺れる。竹刀袋と揃《そろ》いの小花模様だ。お滝が、自分の古い着物を解《ほど》いて作ってくれた。ぶつぶつ文句を言いながらも、お滝は一人娘の世話をなにくれとなく焼くのだ。

「おちえどの」

呼び止められた。

心の臓の鼓動が乳房を押し上げる。慌てて、鬢《びん》のあたりを撫《な》でつけてみたが、指に引っ掛かって余計に乱れただけだった。

やだ。もうむちゃくちゃだ。こんなことなら、ちゃんと結い直しておけばよかったんだ。今さら、遅いけど……。

振り向かないまま、身体を硬くする。

「卒爾《そつじ》ながら、丸仙のおちえどのではござらぬか」

一居がすぐ後ろにいる。

ええい、もう、どうにでもなれ。

身体をくるりと回す。

目の前に一居の胸があった。おちえは、顔を上げ長身の男とまともに目を合わせた。

「あら、吉澤さまじゃありませんか。こんな所でお目にかかるなんてびっくりいたしました」

我ながら頓狂な声だ。上ずって、ところどころ掠《かす》れている。

「おちえどのは、道場からのお帰りですか」

一居の物言いは、少しも変わっていない。穏やかで、優しげだ。

「あ、はい。そうなんです。酷い形《なり》でしょ。あの、あたし、髷が結えないわけじゃないんですよ。むしろ、髪結い床が開けるぐらいだって褒められたりもするんです。おっかさん……母からも、おまえはお針はからきし駄目だけど髷は器用にお結いだねえって、感心されるぐらいで……」

あたし、何をしゃべってるんだろう。どうでもいいことをべらべらと……。これじゃ、吉澤さま、呆れてしまう。もっと、まともなこと、しゃべらなくちゃ。

「おちえどのは、針が苦手なのですか」

一居が瞬きする。

しまった。また、余計なことを。

自分で自分の口に膏薬《こうやく》でも貼《は》り付けたい。

「えっと……あの、苦手ってわけでは……なくて……」

唾を飲み込む。

駄目だ。この人に嘘はつけない。

「苦手なんです。襷一本、ろくに縫えないって、いつも母に叱《しか》られてます。いやぁ、叱られてるというより、嘆かれているというか……、この前なんか、情けないって本気で泣かれちゃって……。あの、でも、ほんとに髷を結うのは得意なんです」

「ええ。この前、初めてお会いしたときも綺麗に結い上げておられましたね」

髷までちゃんと見ていてくれたのか。

思いもかけぬほど強く、歓喜が胸を揺さぶった。

「でも、その巻き髪もお似合いです。大人びて、美しいですね」

「あら」

つい、髪を撫でつけてしまう。

「こんなにぼさぼさなのに、お戯れを。吉澤さま、お見かけによらず口上手でいらっしゃるのですね」

「わたしは、世辞は申しません。感じたままを口にしただけです」

わかっていた。

一居は本心を告げてくれたのだ。

大人びて、美しいですね。

この方の眼に、あたしはそんな風に映っている。

美人だ、佳人だ、別嬪だ。娘盛りを迎えようとするころから、褒めそやされてきた。美人画に描かせてくれと、名のある絵師から乞《こ》われたこともある。嫌な気にはならない。でも、有頂天になることも、己の美しさを得意がる心持ちもなかった。若さが消えてしまえば、美も消える。そんな儚いものに縋《すが》る気にはとんとなれない。

おちえが欲しいのは、一生を貫く拠《よ》り所《どころ》だった。それが、剣だ。町方の娘が剣士になれるわけもなく、刀で身を立てられるはずもない。十分に承知のうえだ。それでも、竹刀を握ったときの、あの心の躍動を何に替えられるだろうか。剣には重みがある。美のように移ろわない。若さが褪せ、力が衰えても、鍛錬さえ怠らなければ剣士でいられる。身体ではなく心が強くあれるのだ。

おちえは美しい娘でいるよりも、力ある剣士になりたかった……はずなのに、今は、どうだろう。

一居の一言に蕩《とろ》けるような心持ちになっている。

あたしは綺麗なんだ。

誇らしい思いに身体が熱くなる。

「おちえどの」

「はい」

「これから、どちらへ?」

「え? あ、家に帰るつもりですけど」

「しかし、そちらは丸仙とは向きが逆さではありませんか」

「え? あ、そっ、そうでした? あら、いけない。うっかりしてた。あはは。あたし、おっちょこちょいでやたら道を間違えるんです」

まさか、一居を避けて遠回りをしようとしたとは言えない。曖昧《あいまい》な笑みを浮かべたまま、おちえは身体の向きを変えた。

「丸仙の近くまでお供をしても差し支えないでしょうか」

一居が遠慮がちに問うてくる。

あら、それは困ります。お武家さまと連れ立って歩いたりしたら目立つじゃないですか。おっかさんの眼にでも触れたら、大層叱られますので。

と、きっぱり断るのが女の心得というものだ。

「あの……ええ、近くまでならいいのではと……」

一居が口元をほころばせた。

「かたじけない。それでは」

おちえの稽古道具をひょいと取り上げ、肩に掛ける。

「あ、あ、そんな。お武家さまに持っていただくなんて。駄目です」

おちえの抗《あらが》いに知らぬ振りをしたまま、一居が歩き出す。しかたなく、一歩下がって後に従う。

一居の背で揺れている見慣れたはずの稽古着入れが、どうしてだか眩《まぶ》しくて、まともに目を向けられない。

「今日の稽古は、相当厳しかったのですか」

「あ……はい。そ、そうですね。うちの道場恒例の五人抜きがありまして……」

「ああ、榊道場の荒稽古の一つですね。伝え聞いています。で？　誰です？」

「え？」

「おちえどのほどの手練れに傷を負わせたのは、どなたですか」

振り向き一居は自分の頰を指差した。

「ああ、これ……」

左頰に微かな痛みがあった。

竹刀の先が掠ったのだ。

道場の高弟の一人、池田新之助《いけだしんのすけ》の竹刀だった。突きを得手とする男の必殺の一撃をかわし、かわしざまに胴に一本を打ち込んだ。加減はしたので、骨に罅《ひび》は入っていないだろう。

気にもならなかった小さな痛みが、急にひりひりと頰を焼いた。

やだ。顔に傷までこさえていたなんて。

疼くやら、火照《ほて》るやらで、真っ赤に染まっているに違いない頬をおちえはそっと押さえた。

「お相手の……池田さまとおっしゃるのですが、その方の突きが速くて、避け損ねたのです」

「池田……。池田新之助どのですか。〝突きの池田〟ですね。名前だけは聞いています。燕の如《ごと》く速く、猪《いのしし》の如く剛力な突きであるとか」

「猪の如く、ですか」

池田はずんぐりとした体軀《たいく》の御家人だ。その猪首《いくび》や、真っ直《ま》ぐ《す》に突進してくる姿を思い出し、つい笑ってしまった。笑った後、御家人である池田を、一居が〝どの〟をつけて呼んだことに気が付いた。その口吻《こうふん》には〝突きの池田〟に対する敬意さえ滲んでいた。

二千石の旗本と御家人。遥《はる》かな身分の隔たりを超えて、一居は人そのものの力量や才覚、生き方を敬うことができるのだろう。

よくよく考えれば、おちえだって呼び捨てにされても、「娘」の一言で片付けられてもしかたない、いや、それが当たり前なのだ。たかだか縫箔職人の娘、武家の家中でさえないのだから。こんなに丁重に接してもらえるような身ではない。

吉澤さまは、あたしの剣の腕を尊んでくださっている。それだけなのかしら。

だとしたら……。だとしたら、どうだろう。

嬉しいより、得意になるより、少し淋《さび》しい心持ちがする。

「そうか、池田どのの突きもおちえどのには通じなかったか」

独り言のように、一居が呟いた。

「通じなかったなんて、避けるのがやっとで……」

「避けながら、返しに一本、打ち込んだのでしょう」

まるで傍らで見ていたように言う。

おちえは、わざと唇を尖《とが》らせた。

「吉澤さまには、あたしの動きが丸見えってわけですね。それじゃ、どう攻めても防がれるし、どう防ごうとしても無駄ってことになりますよね」

我ながら、可愛《かわい》げのない物言いだ。

「まさか」

一居がおちえを振り返り、静かに笑った。

「そこまで自惚《うぬぼ》れてはいませんよ。おちえどのと互角に戦えるかどうかも怪しいところです」

「ご謙遜《けんそん》を」

「本音です。おちえどのこそ、誰と戦っても負けるなどと考えておらぬのでしょう」

あたし、そこまで天狗《てんぐ》になってなどおりません。

腹立ちの一言を飲み込む。喉《のど》の奥がぐびりと妙な音をたてた。

「それなら、試してみますか」

口にしてから、慌てる。

あたしったら、何を言ってんの。

慌てているのに舌は止まらない。むしろ、いつもより低い絡みつくような声音になっている。

「吉澤さまが勝つか、あたしが勝つか。試してみます？」

道端に立ち止まり、一居が見下ろしてくる。おちえは顎《あご》を上げ、その視線を受け止めた。

俵を積んだ荷車が傍らを通り過ぎる。

舞い上がった土埃《つちぼこり》と馬の体臭が鼻の奥まで入ってきた。

「くしゃん」

止まらなくなる。

くしゃみが出た。

「くしゃん、くしゃん」

鼻水まで出てきた。

「やだ、くしゃん。ど、どうしましょう。くしゃん」

「おちえどの、これを」

一居が懐紙を差し出してくれた。

「いえ、あたしも畳紙《たとうがみ》を持っており、くしゃん」

「ほら、早く。こんなときに遠慮は無用です」

「は、はい」

一居が手渡してくれた鳥の子紙は上質で、仄かに甘い香りがした。そのせいなのか、くしゃみも鼻水もすっと治まっていく。

「す、すみません。あたしったら、はしたなくて」

はしたない。みっともない。恥ずかしい。

くしゃみが止まらず右往左往する。その程度の者に、何の勝負ができるというのだ。思い上がりも甚だしい。

穴があったら入りたい。穴がなければ掘ってでも隠れたい。そして、半刻ほど時を巻き戻したい。半刻前に戻れたのなら、余計なことは一切言わないし、荷車が通ったらすぐに袖口で鼻を押さえる。汗の臭いなんかさせないし、髷もきちんと結い上げる。

神さま、仏さま、お祖父ちゃん。あたしの願いを聞き届けてくれませんか。

「苦手なのです」

先刻と同様に一居がぼそりと呟いた。

「勝負とか、試合とか……全てが諍《いさか》いごとのように感じられて、どうにも苦手なのです」

「はあ……諍いごと、ですか」

「おちえどのはそのようには感じないのでしょうね」

「ええ、まあ……。真剣で殺し合うわけではなし、木刀で叩きのめすわけでもなし、竹刀を握っての勝負です。礼があり、決まりがあり、約束があります。諍いごととはまるで違うと思いますけれど」

「そうですね。でも、相手を倒すことに変わりはない。力のある者が劣る者を倒す。そういう有り様が嫌なのです」

「でも、そんなことを言ったら、剣術も武術も槍術《そうじゅつ》も成り立たないではありませんか」

「いや武道を全て否んでいるわけではないのです。ただ、わたしは苦手だというだけで」

「でも、吉澤さまはお強いのでしょう」

半歩、前に出る。

「とてもお強いと拝察いたします。あたしなんかより、ずっと。それは、吉澤さまが一番よくご存じのはずです」

一居の顔が歪《ゆが》んだ。頬が微かに震える。

おちえはとっさに手を差し伸べ、一居の身体を支えようとした。くずおれると思ったのだ。

一居が、呻《うめ》き声をあげてくずおれてしまうと感じた。

それほどに、苦しげな表情だった。

一居は倒れなかった。

「剣の才など望んだことは、一度もなかった」

地に踏ん張り、告げてくる。唇から漏れた声は、獣の低い唸《うな》りに似ていた。

背筋にぞくりと寒気が走った。

「吉澤さま……」

「わたしは吉澤家の三番目の男子になります。長兄はわたしが生まれる数日前に、流行《はや》り病に罹《かか》り亡くなりました」

「はい」

首肯するところではないとわかってはいたが、うなずいてしまった。それから、おちえは睫《まつ》毛《げ》を伏せた。一居の顔を見ていてはいけない。そんな気がしたのだ。

「わたしは遺孽《いげつ》です。父が下働きの女中を孕《はら》ませた末の子なのです。母はわたしを産んですぐに暇《いとま》をとらされ、わたしは吉澤の家に残されました。長兄が他界した直後だったので、その代わりの男子として引き取られたのです。しかし、屋敷にはわたしの居場所はどこにもありませんでした。いや、あるとしたら次兄の身に何かあったときの代用品としてでしょうか」

「代用品だなんて。吉澤さまは人のお子ではありませんか」

そうですね。わたしは人の子ですと、一居は微笑んだ。その微笑みに、おちえはほっと息を吐いた。この方は、笑んでいらっしゃるのが似つかわしいと心底から思う。一居の苦渋の表情をこれ以上見ずに済むと安堵する。

「剣、馬、弓、学問……。幼いころから、わたしは懸命に励みました。一つでも他人より抜きんでた何かを、家人が、特に父が喜ぶような何かの力をこの身に具《そな》えたかったのです」

「それが、剣であったのですね」

「そうです。どういうわけか、わたしの剣の才はわたしが育つのに歩みを合わせるように、伸びていきました。父は喜び、わたしの才を得意げに客に語りさえしたのです。わたしもそれが誇らしく、さらに励みました。しかし、その父も一昨年、落馬の怪我《けが》がもとで亡くなりました。吉澤の家を継いだ次兄は昨年、父の一周忌の法要を終えた後、妻《めと》を娶り、まもなく子ができます。その子が男であれば、後嗣《こうし》の控えとしてのわたしの役目はなくなります。用済みになるわけです」

「用済みって……ですから、それは」

「いや、誤解しないでください。おちえどの、わたしは我が身の拠り所のなさを嘆いているのではありません。むしろ、解き放たれたいと望んでいるのです」

「それは、吉澤のお家からお出になる心づもりだと、そうおっしゃっているのですか」

「出ることができれば、どれほどの幸祐《こうゆう》であることか」

「家を出てどうなさるのです。あの……まさか、本気で刺繡職人になるおつもりじゃありませんよね」

一居がすっと息を吸った。

それだけの仕草で、わかった。

この方は本気なんだわ。

なにとぞ、それがしを弟子の一端に加えていただきたい。

父、仙助に訴えていた声がよみがえる。

「お刀を捨てる覚悟でいらっしゃるのですか」

「刀などいつでも捨てます。惜しいなど思いもしない。父に死なれ、ようやっと気が付いたのです。わたしはただ、父に気に入られたかった。褒められ、認められたかった。そうでなければ、己の所在がなくなると思い込んでいたのです。おちえどののように剣に惹《ひ》かれたわけではなかった。わたしが惹かれたのは、剣ではなく……」

一居の眼差しがすっと遠くに流れた。

どこに向けられたのか、追わなくてもわかる。

さっき、通り過ぎた花井屋の店先、そこに並んでいた光琳模様の半襟。ここからではとうてい視線の届かない場所を、一居は見据えようとしている。

「あの半襟の刺繡は、平助さんの手によるものです」

「平助さん？」

「うちの職人さんです。父は化粧回しやら歌舞伎の衣装やらを手掛けますが、平助さんは小物が得意なんです」

「そうですか。仙助どのの手になれば、もう少し色合いの調和が違ったでしょうね」

さりげない一居の受け答えに、おちえは顎を引いた。仙助と平助、親方と弟子のやりとりを思い出したのだ。平助があの半襟を仕上げた翌日、朝餉《あさげ》の後に仙助が弟子の仕事を褒めた。

「平、一人前の仕事をしたな」

平助は目を瞬かせ、「へえ」と短く返事をした。もともと口数の少ない武骨な男だ。十二の歳《とし》に丸仙に奉公に来て十五年が経つ。縫箔職人は、十年でやっと半人前と言われる。平助は親方から一人前のお墨付きを貰ったのだ。

さすがに頰が上気し、口元がほころんだ。

傍らで茶を淹れながら、おちえも嬉しくなった。

よかったね、平さん。

心の中で、言祝《ことほ》ぐ。

仙助が膝の上の半襟を指先でそっと撫でた。

「これなら、何とかやっていける。花井屋も満足するだろうぜ」

「ありがとうごぜえやす」

赤らんだ頰のまま、平助が頭を下げた。

「けどよ、平。おめえはまだとば口に立っただけだ。これからも、精進して腕を磨いていかにゃあならねえ。わかってるな」

「へえ。承知しておりやす」

「そうかい。じゃあ、どう承知している」

「へ？」

親方の問いが解せなかったのか、平助が戸惑いの顔つきになる。

「この半襟、確かにいい出来だ。丸仙の弟子の品ですと堂々と告げられるってもんだ。だがな、平、やっぱりまだ足らねえんだよ」

「足らねえと、言いやすと？」

「わからねえかい」

「……わかりやせん」

「焦るこたぁねえ。何が足らねえのか、じっくりと考えてみな。それがわからねえようじゃ、この先、縫箔で飯は食えねえ」

平助は唇を噛《か》み、暫くの間黙り込んだ。

「おとっつぁん、平さんに足らないものって何？」

平助が仕事場に引っ込んだのを見計らい、おちえは父に尋ねてみた。花井屋に卸す半襟は、おちえが見てもかなりの出来栄えに思える。これのどこが欠けているのか。どこが足らないのか知りたい。

仙助はちらりと娘を見やり、鼻を鳴らした。

「おまえには、とうていわかりっこねえなあ」

「何よ、その言い方。あたしが馬鹿みたいに聞こえるじゃない」

「馬鹿とまでは言ってねえよ。ただ、縫箔の才はまるでねえよな」

「才があったってしょうがないでしょ。男の仕事なんだから。女のあたしがしゃしゃり出るわけにはいきません」

「けっ、笑わせるんじゃねえ。男だ女だと言う前に、おまえに針なんぞ持たせられるかよ」

「まっ、ひどい。あたしのお針なんてどうでもいいから、教えてよ。謎解きの答え」

もう一度、おちえをちらりと見て、仙助は肩を竦めた。

「色合いの調和さ」

「え？　でも、色合いはきちんと納まってるじゃない」

「納まりすぎなんだよ。草も花も鳥も、みんな当たり前の色になってる。平のやつ、模様を縫い取ることに懸命で、色を工夫することを忘れちまったんだ」

「……そうなの。とても綺麗だけど」

「綺麗さ。だけどつまらねえ。いつか飽きられちまう綺麗さなんだよ。十年、百年経っても飽きられない刺繡ってのはな、そこにしかねえ色合いの調和、独特ってものがあるんだよ」

「へえ、独特ねえ」

「平助に本物の眼がありゃあ、そのことに気付くはずだ」

仙助はふいっと一つ、長い息を吐き出した。

あの後、平助が何を摑《つか》み、何を父に伝えたか、おちえは知らない。

ただ、一居は一目で平助の不足が何なのかを見抜いた。

不思議なお方だわ。

一居を見上げ、そっと念を押してみる。

「吉澤さまは剣よりも刺繍に惹かれるのですね」

「ええ。どうしようもなく惹かれます」

「それで、どうあっても父の弟子になるおつもりなのですか」

「それが、わたしの唯一の望みです。でも、今日は仙助どのに会ってももらえなかった」

「あら、うちに来られていたのですか。あ、もしかして、門前払い？」

「……丁重に追い返されました。仕事の邪魔になると」

「あらまあ」

としか言えない。では、あたしが口添えをしてさしあげますなんて、言えないし言ってはいけないのだ。

武士は武士、職人は職人。生まれ落ちたときから、人の定めは決まっている。定めの垣根を越えることなど、できようはずがない。

丸仙が見えてきた。

一居が竹刀と稽古着袋を肩から外す。

「では、わたしはここで。さすがに、さっき追い返された身で辺りをうろつくのは憚《はばか》られますので」

「あ、あの、ありがとうございました」

「諦めません」

「はい？」

「仙助どのの弟子になる望み、いつか叶《かな》えてみせます」

「吉澤さま、なぜ、なぜそんなに刺繍に拘《こだわ》られるのですか。なぜ、武士として生きようとなさらないのです」

口にしたとたん、後悔した。

一居を問い詰めてはならない。

おちえの中で、おちえの勘がささやいた。

問い詰めちゃ駄目なんだ。

「あ、ご無礼いたしました。つい、口が過ぎてしまいました」

下げた頭の上で、一居が声を震わせた。

「生きられないのです。生きられない……」

おちえが顔を上げるのと一居が背を向けるのは、ほとんど同時だった。

風が頰の傷に染みる。足元の土埃をさらっていく。

おちえは一居の背が角に消えた後も、その場に立ち尽くしていた。

三　藤《ふじ》花《ばな》舟《ふね》模《も》様《よう》

「吉澤一居？　佐竹《さたけ》道場の吉澤か？」

伊上源之亟《いがみげんのじょう》が微かに首を傾《かし》げた。よく日に焼けたいかにも精悍《せいかん》な風貌《ふうぼう》が、ほんの僅《わず》かだが和らぐ。そうすると、この男の本来の性質《たち》だろう人の好《よ》さのようなものが、目元口元に滲み出てきた。

「そうです。佐竹道場の吉澤さまです。あの……ご存じでしょうか」

「むろん、知っておる。佐竹道場の吉澤といえば剣名は、高い」

「あ、やはりそうでございますか」

一居の腕からして、相当の高弟に違いない。

「なんだ、話があるなどと言って道場裏に呼び出すから、おれはてっきり……、誘われるんだとばかり思っていた」

「は？」

「だから、おちえから美味い料理でもと誘われるのではないかと、いささか、いや、かなり気を高ぶらせておったのだがな」

「まあ、伊上さま」

料理屋に男を誘うとはつまり、身体を許すという謂《いい》だ。

「何をおっしゃるかと思えば、よくもそんなこと。あたし、そんな気はとんとありませんよ」

「そうか。おれは、大いにあるがな」

そこで、伊上はふっと真顔になった。

「どうだ、おちえ。観念しておれのものになれ」

「はい？」

「嫁に来いと言っておるのだ。まあ、五十石取りの普請方だ。楽な暮らしではないが、おれには係累がほとんどない。小難しい舅《しゅうと》や姑《しゅうとめ》に仕える苦労はないぞ」

源之亟が一歩、前に出る。

おちえは一歩、下がった。

「あたしは町方の女ですから。お武家さまのお嫁なんかには、なれません」

ははと源之亟は笑った。

「それは表向きの話だろう。形だけ武家と養子縁組すれば、それで体裁は整う。現におれの周りでも、商家の娘を嫁にしている者はいる。武家の娘より、格段に持参金が多いのだそうだ」

「まあ。持参金目当てで嫁を選ぶのですか」

「あ、いや、誤解するな。おれは違うぞ。おちえが嫁に来てくれるなら、持参金などいらん。身一つで十分だ」

源之亟がまた一歩、近づいてくる。

おちえは一歩、退くしかなかった。

道場の裏庭には淡い西日が当たり、それが枯草の目立ち始めた光景をさらに侘《わび》しく見せていた。吉澤一居のことが知りたくて、源之亟を裏庭に呼び出した。道場内で問うべきことではないと、おちえなりに配慮したからだ。

源之亟は榊道場の高弟の一人だ。師範代の沢原荘吾は別格として、池田新之助、八槻要《やつきかなめ》、黒岩九郎《くろいわくろう》と並んで、榊の四天王と呼ばれている。この四人より、おちえの腕は勝るのだが、女だてらに四天王の一角を占めることはできないし、そんな気もさらさらなかった。

他人の呼びようなどどうでもいい。世間のうわさもどうでもいい。竹刀を握れ、稽古を続けていられたら、それでいいのだ。

そう思ってきた。

なのに、一居のことが気にかかり、うわさでもと源之亟に探りを入れた。その浅ましい心を源之亟に付け込まれたような気がする。

でもまさか、こういう向きに話が進むとは考えてもいなかった。

源之亟はいつも陽気で明朗で、人の分け隔てをしなかった。もちろん、道場を一歩出れば、そこには侵しがたい身分の壁がそびえているのだが、道場内にそれを持ち込むことは、師榊一右衛門の教えに背くことに繋《つな》がる。だから、おちえのような町方の者も、武士に交じって同等に稽古ができた。

とはいえ、源之亟の屈託のない人との付き合い方は、師の教えうんぬんより生来の気質によるものだろう。

おちえは、源之亟のそんな人柄が好きだった。男として好ましいのではなく、人として質が良いと感じるのだ。

「どうだ、おちえ。おれの嫁の話、じっくり考えてみろ」

「考えるも何も、あたしは一人娘ですから。家業を継げるお相手を探さなきゃならないんです。伊上さまには、ご無理でしょ」

「う……そこを何とか」

「それに、あたし、できるなら、あたしより強いお方に嫁ぎとうございます」

ぐぐっと、源之亟が喉の奥を鳴らした。

「……面と向かって、それを言うか」

「はい。ごめんなさいましよ、伊上さま」

ぐぐっと喉を鳴らした源之亟の顔つきがおかしくて、笑いそうになる。笑うわけにはいかないから、必死で口元を引き締めた。

今年になって一度も、源之亟はおちえから一本を取れていない。幾度となく稽古で手合わせはしたが、ことごとく敗れている。

「……まったく、どうしようもない跳ね返りだな」

「あたしがですか」

「おまえも、おまえの剣もだ。好き勝手に跳ねとびやがって。どこでどう変化するか、まったく見当がつかん。くそっ、この前はあと一歩のところだったのに。くそっ、今思い出しても口《くち》惜《お》しい」

源之亟がぼやき始めた。このぼやき癖は源之亟の数少ない悪癖の一つだ。子どものように唇を尖らせてぶつぶつ呟く様に、おちえはまた、笑い声をあげそうになった。

何とか堪《こら》え、這《は》い上がってくる笑いを飲み下す。飲み下したところに、

「で、なんでだ」

ひょいと顔を向けて、源之亟が尋ねてきた。

「どうして佐竹道場の吉澤の話など聞きたがる？　第一、どうして、おちえが吉澤を知ってるんだ」

「あ、それは……、その、ちょっとうわさを耳にしただけで……。あの、大層お強いと聞きましたので、どれほどのお方なんだろうって、あの、えっと、気にかかっただけです。ほんとに、それだけです。だって、やっぱり気になるじゃありませんか」

嘘は苦手だ。

もっともらしい理由《わけ》をおちえなりに考えてはいたが、いざ舌に載せようとすると、妙にぎくしゃくしてしまう。

「ふーん。気になるわけか……。おちえが他の道場のやつを気にするのは珍しいな。どこかで、吉澤を見たのか」

「いえ、そういうわけではないような……あるような」

「どっちだ」

「ですから、まぁ、ちらっとぐらいで……」

「ちらっと見て、惚《ほ》れたのか」

「ま、そんな」

馬鹿なことを言わないでくださいと睨《にら》むつもりだったのに、目を逸《そ》らしてしまった。

惚れただなんて、そんなわけがない。そんなつもりで尋ねたのではない。

ではどういうつもりなのだと問い返されれば、おちえは答えようがなかった。気になるのだ。

ともかく、気になる。

二千石もの旗本の若さまで、剣士である一居がなぜに、縫箔職人になりたがるのか。一居の本気を察すれば察するほど、不思議でならない。解しかねる。ならば、知りたいではないか。

ただの詮索《せんさく》好きかと嗤われてしまえば、それまでなのだが。

「おれは一度、勝負したことがある」

「えっ？」

ひょろりと伸びた柿の木の、おちえの指ほどもない細い枝先に、烏《からす》が一羽、止まっている。枝先の色の悪い実には見向きもせず、おちえと源之亟を見下ろしていた。

柿の木を仰ぎ見るように、源之亟は腕を組み視線を上に向けた。

「あれは……何年前になるか。榊先生が以前、仕えておられた肥後藩の藩主が代替わりをした折、その祝いとして、江戸藩邸で御前試合が行われた。肥後藩ゆかりの道場から何人かが選ばれて腕を競ったわけだ。うちからは、おれと八槻と沢原さんが出た。佐竹道場も先代の道場主が前藩主に稽古をつけたことがあるとかで」

「その場に、吉澤さまも選ばれていたのですか」

つい、源之亟を遮り、性急に問うてしまった。はしたない真似《まね》だと重々承知はしていたが、気持ちが前のめりになって止められなかったのだ。

腕組みをしたまま源之亟が柿の枝からおちえに、視線を移す。

「そうだ。まだ前髪の若者だった。女子《おなご》のような顔立ちで、上背はそこそこにあったが細っこくてな……、正直、何であんなやつが選ばれる、佐竹では人材が余程揃わぬのだなと、八槻と笑い合ったものだ。ところが、いざ竹刀を交えると、これがめっぽう強い」

「伊上さまが歯が立たぬほどにですか」

源之亟の顔が歪む。

「おちえ、露骨過ぎるぞ。武家の女なら叱咤《しった》されるところだ」

「申し訳ございません。でも、あたしは職人の娘ですから、お武家の躾《しつけ》は受けておりません」

「また、減らず口を」

「伊上さま」

今度はおちえが一歩、源之亟に詰め寄った。

「お負けになったのですか」

「負けた。一本返すのがやっとだった」

これ以上ないほどの仏頂面で源之亟は、それでも律義に答えてくれた。

クワッ、クワッ。

耳障りな二声を残して、烏が飛び立つ。熟してもいないのに実が枝から離れ、地面に落ちた。潰《つぶ》れもせず、そのまま転がる。

「烏にまで馬鹿にされている気がするな」

「あたしは伊上さまを馬鹿になどいたしません」

「どうだかな。わかるものか」

「あらっ、そんな僻《ひが》みっぽいお言葉、伊上さまらしくございませんよ」

源之亟のへの字に結んだ口元が緩む。

「おちえ、真《まこと》のことを白状しろよ」

「真のこと?」

「そうだ。本気で、あの吉澤一居に惚れたのか」

「また、そのようなことを。変な勘ぐりしないでください。あたしはただ……、うわさを耳にして、吉澤さまがどのくらいお強いのかと、興をそそられただけです」

「なるほど。勝負を挑みたいわけだな」

「は? あ、いいえ、決してそのような大それたことを考えたわけではなくて……」

「隠すな、隠すな。おちえの気持ちは痛いほどわかる。おれだとてもう一度手合わせをしたい思いはあるのだ。剣士としての血が疼くではないか。そういうことだろう。しかし、おまえは武士でもなく男でもない。吉澤と勝負するのは無理というものだ。潔く、諦めろ」

「諦める……ですか」

「そうだ、諦めるしかあるまい。おまえが幾ら剣の腕が立とうが、町方の女が他の道場の剣士と勝負することなど、できようはずもない。我が道場は先生の教えによって、身分も男女の違いも取り払ってはいるが、それは稀《まれ》なことで、大半の道場は武士だけのものだ。女人がおっても、武家の女の心得として習うておるに過ぎない。他流試合などもっての他《ほか》だ」

「だから、諦めろと」

「そうだ。諦めろ。ついでに、剣も諦めて、おれの嫁になれ。いいか、おちえ、そもそも女というものは」

「ああっ！」

「うわっ、な、何だ。いきなり大声を出して驚くではないか」

「いけない、忘れてました。今日はこの後、お針の稽古もあったんだわ。遅れたら、おっかさんに叱られちゃう。伊上さま、これで失礼します。いろいろ、ありがとうございました」

「あ、おい、おちえ」

源之亟の傍らをすり抜け、おちえはそのまま通りまで走った。

胸の鼓動が激しいのは走ったからではなく、一居のことをあれこれ探ってしまったからだ。探った先にあったのが、源之亟の一言だ。

諦めろ。

その一言が、ずしりと圧《の》し掛かってくる。

女だから、職人の娘だから、男ではないから、武家の出ではないから諦めねばならない。それが定めというものだ。

当たり前だと思ってきた。

おちえは、己の剣の才を世に知らしめたいなどと望みはしない。一日でも長く、一刻でも多く、竹刀を握り稽古を続けたいと願っているだけだ。それだけだ。むろん、ずっと剣と共に生きられたらと思う。思ってしまう。竹刀を握ったときの何とも言い難い胸の高鳴り、昂《たかぶ》り、満ち足りた想《おも》いを最期まで失わずにいられたらと思ってしまう。けれど、心のどこかで承知していた。そんな日々がいずれ終わるのだと。その終わりが、そう遠くないのだと。だからこそ、今を、願いが叶っている今を楽しみたいのだ。

楽しんで、満足して、踏ん切りをつけて、前に進む。婿を迎えて、亭主と共に丸仙を守《も》り立てていく。子を産んで、育て、おっかさんと呼ばれ、父や母を看とって、ゆっくりと老いていく。

苦労も、悲憤も、嘆きも、落胆もたんとあるだろう。誰かに縋《すが》って泣くことも、一人唇を噛み締めねばならないことも、胸が潰れる思いを味わうことも、たんとたんとある。けれど、笑ったり、しみじみと幸せを感じたり、飛び上がるほど嬉しい出来事にも出会えるはずだ。人生の勘定としては、とんとん、いやほんの少し幸せが勝る一生を送ることができる。

どこに拠り所があるわけでもないが、おちえは自分の将来をそんな風に感じていた。感じられる将来を嬉しくも思っていた。しかし、今は嬉しいどころか気持ちが塞ぐ。娘時代の終わりが近づいていることに心が疼く。

「おい、おちえ、ちょっと来てみろ」

丸仙に帰ったとたん仙助に呼ばれた。

「なあに、おとっつぁん。煙草でも切らしたの」

「違《ちげ》えよ。ほら、ちっとこれを見てみな」

仙助が小座敷の襖を開ける。

「うわっ」

叫んでいた。

帷子《かたびら》だ。帷子が衣桁《いこう》に吊るされている。

さる大店《おおだな》の娘の嫁入り道具の一枚だと仙助が言った。

藤花舟《ふじばなふね》模様。

白麻地に舟と藤の花が大胆に描かれ、紅や紫の色糸と金糸であしらいがしてある。模様を引きたて、友禅に豪華さ、重厚さ、艶《あで》やかさ等々を加味する〝あしらい〟が、仙助の仕事だった。

「綺麗」

ため息が出るほど綺麗だ。

涼やかな白地に友禅と刺繡との調和によって、友禅だけでも刺繡だけでも生み出せない模様が現れる。

肩から胸、袖にかけて、また、腰から裾にまで薄紫の藤の花が咲き誇っている。よく目を凝らすと、花房の先を虻《あぶ》が飛び交い、揚羽《あげは》の蝶が花陰に翅《はね》を休めている。花の合間から流れを進む舟の舳《へさき》が覗《のぞ》いている。そこに紅色の房が垂れているのは、祝いの証だろうか。

「すごく綺麗ね、おとっつぁん。でも、綺麗過ぎない？　幾ら大店のおじょうさまとはいえ、こんな豪華な帷子を着てもいいの？」

町人の贅沢《ぜいたく》への傾斜を戒めるべく、元禄の時代から数多くの禁令が出された。華美な装いを取り締まり、罰するための令だ。実効は乏しかったとはいえ、この帷子は表立って身に着けるには、あまりにも艶やか過ぎると、おちえの目にさえ映った。

「着るより伝えるための衣装だろうぜ」

　仙助が言う。

「伝えるための衣装って？」

「嫁入り道具の一つだからな。相手方に、うちはこれほどの金と手間をかけて娘を育てました。その娘を差し上げます。どうぞ、こちらに見合った扱いをしてくださいませと伝えるために、持っていきなさるのさ。むろん、嫁の実家の財力を示す役回りもする。帷子一枚に惜しげもなく金をつぎ込めますってな。そういう寸法さね」

「はぁ、馬鹿馬鹿しい。そんな、回りくどいことしなくても直に言えばいいじゃない。『手塩にかけた娘だ。可愛がってくださいよ。うちは分限者《ぶげんしゃ》ですから、そこのところもお忘れなく』ってさ。それで済む話じゃない」

「馬鹿野郎。どこが、それで済むだ。そんな露骨な真似、できるわけねえだろうが。口には出さず、さりげなく品々で伝えるってのが奥ゆかしさってもんじゃねえか」

「奥ゆかしいんじゃなくて、嫌味なんじゃない。だから、金持ちって嫌いよ。見栄ばっかりなんだから」

「まったく、おまえにかかっちゃ、大店も大身もさっぱりだな」

仙助が苦笑いをする。その笑みを消して真顔になると僅かに屈《かが》みこんだ。

「確かに、おまえの言うことにも一理ある。着物ってのは飾る物でも、自慢の種にするもんでもねえ。着る物だ。人が着て、着物は初めて着物になるんだ。けどよ、この帷子、見栄だけが込められてるわけじゃねえんだ。嫁に行く娘を案じる親心もちゃんとあるんだよ」

「豪華な着物を用意することが親心なの？」

「そうじゃねえ。人ってのはいろんな品に心を込めることができるって話だ。たとえばだ、おまえには無理だろうが、女が惚れた男のために一心に小袖を縫うとすらぁな。それが、粗末な木綿であっても心が宿った品は、やはり見事にも見えるってもんなんだ。まぁ、どだい、おまえには無理な話だが」

「おとっつぁん。無理だ、無理だって繰り返さないで。失礼しちゃうわね。あたしだって……」

小袖の一枚ぐらい縫えるわよと、啖呵《たんか》をきれないところが辛《つら》い。

「えっと、でも、この帷子は縫師さんの手でしょ。大店のお内儀《かみ》さんが娘のために縫ったわけじゃないよね」

「針じゃねえ。柄だ。柄に娘への想いを託しなさったんだよ」

「柄？　藤の花と舟の模様に？」

「そうだ。藤は女の花だ。花房の最後の一花が開くまで、最初に開いた花は散らねえと言われている。次から次へと順に花開いていくんだな。つまり、これから先の生涯に次々と花を咲かせられるようにって願掛けさ。そして、舟。流れるままに流れていくのではなく、己の力で棹《さお》を使って流れを進めって意が込められてるってわけよ。母親から娘への餞《はなむけ》の模様なんだよ」

「ふーん、凝ったことするのね」

「言葉ってのは消えちまう。けど、この帷子を見る度に、おっかさんの心映えを思い出せるってもんだ」

「なるほどね。でも、うちのおっかさんの心映えなら、あたし、身にも骨にも染みてるから、別段帷子の助けはいらないかな」

仙助がぽんと膝を打った。

「ちげえねえ。あれほど、毎日口煩《うるさ》く言われてりゃあよ、嫌でも骨身に染み付いちまうな」

父と娘は目を合わせ小さく噴き出した。

縁側から差し込む日差しは、白麻地の帷子には淡過ぎたけれど、色糸であしらいを施された藤も蝶も舟の舳も光を弾《はじ》いて生き生きと輝いていた。

ああこれなら、花嫁御寮の道具に相応《ふさわ》しいなとうなずけた。

藤花舟模様《ふじばなふね》。

次々に開いていく紫色の蝶形花と流れを進む舟。母の心を込めた着物を携えて、女は男の元に嫁いでいく。おちえは婿取りの身だし、たとえ嫁入りが決まっても友禅の着物など分不相応で、道具になどできない。お滝の拵《こしら》えてくれた普段着を何枚か風呂敷に包んでいくのがやっとだろう。

それでも、幸せにはなれるはずだ。苦労より哀《かな》しみより嘆きより、ほんの少し幸せが勝った、とんとんより上の人生を送れる。そうよ、あたしは幸せになれるの。自分に言い聞かす。自分で自分の将来を信じられなくてどうする。そう胸を張りたい。でも、どんなに言い聞かせても胸を張っても……重い。

諦めろ。

源之亟の一言が重くてたまらない。

あたしが諦めなければならないもの。どんなに手を伸ばしても、触れられないもの……。

あれこれ思いを巡らせば、気持ちはますますひしゃげて、傾《かし》いで、歪んで、曲がりそうになる。

あぁ、辛気臭い。

いつもなら、こんなとき、竹刀ではなく木刀で素振りをする。身体がくたくたになるまで振れば、たいていの悩みは汗とともに霧散して、すっきりとした心持ちになれるのだ。がしかし、今回ばかりはそういうわけにはいかない。悩みの根っこは剣そのものから生えている。いつか剣を諦めねばならない。一居と顔を合わせ、言葉を交わすことを諦めねばならない。一居が丸仙に弟子入りするなど、天地がひっくり返ってもありえないのだ。

諦めねばならない。諦めねばならない。諦めねばならない。

知らなかった。

この世は、存外、儘《まま》ならぬところだったのだ。

知らなかった。あるいは、知らぬ振りをして、目を逸らしていた。

ため息が出てしまう。

吐きたくないのに、勝手に唇から零《こぼ》れてしまう。息さえ思い通りに操れないなんて。

小憎たらしいったらありゃしない。

あぁ、辛気臭い。あぁ、鬱陶《うっとう》しい。あぁ、持て余す。

小座敷から台所に戻る。稽古道具がまだ床に転がっていた。お滝がいないのをいいことに、柄杓《ひしゃく》から直に水を飲んだ。一息に飲み干して、手の甲で口元を拭う。母に見つかれば、怒鳴りつけられる。

おちえ、娘の子がなんて飲み方をするんだよ。はしたないにも程ってもんがあるだろう、と。

職人たちの賄いをする丸仙の台所は広く、竈《かまど》が二つ設《しつら》えられていた。水瓶《みずがめ》も二つある。おちえが水を飲んだ方は既に半分ほどになっていたが、もう一方の瓶には満々と水が張ってあった。

竈にはまだ火が入っていない。

おっかさん、どうしたのかしら。

道場から帰ったら、すぐに針稽古をすると言い渡されていた。正月用の晴れ着を一枚、大晦《おおみそ》日《か》までに縫いあげろと命じられたのだ。できる見込みはまったくなかったが、母がわざわざ買ってくれた井桁絣《いげたがすり》の反物を無駄にするわけにもいかず、おちえはこの前から渋々、針を手にしている。

仙助に合わせたわけではあるまいが、お滝は針師匠になれるほどの腕前だ。どんな布でも、ぴしりと緩みなく縫いあげてしまう。おちえのくねくね曲がった縫い目とは雲泥の差だ。

「おちえ、いいかい、よぉくお聞き。何度も言うようだけど、女にとってはね、剣よりお針の方が、ずっと入り用なんだよ」

くねくね曲がりの縫い目を前に、お滝は嘆きとも説教ともつかない口調で言った。そのときは気分を害したし、僅かな時だが不貞腐《ふてくさ》れもした。しかし、母は正しかったのかもしれない。どれほど剣が遣えても何の役にもたたない。それより、小袖を一枚、見事に縫いあげる方がずっと用立つ。

上がり框《がまち》に腰を下ろし、今日、何度目かのため息を吐いていた。

すすり泣きが聞こえた。男の押し殺した泣き声だ。台所脇の小間から漏れてくる。

普段は職人たちの食事や仮寝のための部屋になっていた。

え？　誰が泣いてるの？

襖戸《ふすまど》の傍《そば》まで行って、聞き耳を立ててみる。

お滝の声がした。懸命に、誰かを宥《なだ》めている。

「正《しょう》さん、泣くんじゃないよ。まだ、泣くのは早いだろ。涙は験《げん》が悪いって言うじゃないか。気持ちは分かるけど、いいかげんにしておきなよ」

正造《しょうぞう》さん？　正造のおじさんが泣いてるの？

正造は丸仙でも古参の縫箔職人だ。もう四十近いのではないだろうか。それほどの歳でありながら、独り立ちできないのは、腕が半端なせいだった。仙助に言わせると「正のやつぁ、半端じゃなくて癖がありすぎるんだ。なんせ、鳥以外は刺せねえんだからよ」だとか。

「鳥刺しってのは、正造みてえなやつの呼び名じゃねえのか」

仙助は冗談にして笑うが、鳥しか刺せない職人はやはり半端と言うしかないだろう。しかし、おちえはこの初老の半端な職人が好きだった。おっとりとして優しく、周りへの気配りを忘れない。物腰も人柄も柔らかくて、嫌味なところがまるでない。

おちえは、正造が誰かを罵《ののし》った場面も陰口を叩いたところも見たことも聞いたこともなかった。仙助もお滝もそうだ。お信《のぶ》という、今年十二になった一人娘を大層可愛がってもいた。女房のお美代《みよ》と三人、一文字長屋に住んでいる。一度、訪れたことがあるが、間口九尺の裏店《うらだな》の部屋は掃除の行き届いた気持ちの良い場所で、正造の人柄に相応しいように思えたものだ。

その正造が泣いている。

おとっつぁんに怒られたのかしら？

だとしたら、とんでもないへまをしでかしたのだろう。それにしても、いい歳の男が涙を零すほどの叱り方を、仙助がするだろうか。さっき、帷子を前に機嫌よく笑っていた父を思う。ううん、おとっつぁんじゃない。おとっつぁん、きっと正造おじさんが泣いているのも知らないんだ。

しくじったり、叱られたり、悩みがあったり……。何かを抱えてうなだれる職人たちを、お滝はそっとこの小間に呼んで、時に励まし、時に愚痴の聞き役になり、時に一緒に泣いてやった。ほとんどが仙助には内緒で、だ。だから今も仙助は何も知らないはずだ。

声が低くなる。

にじり寄ろうとしたけれど、人の動く気配がした。慌てて、上がり框まで戻る。

襖が開いて、お滝が出てきた。

「あ、おちえ。今、お帰りかい」

お滝がほっと顔つきを緩める。よかったと唇が動いた。

「帰ったけど……どうしたの。正造のおじさん、泣いてるみたいだけど……」

お滝の肩越しに正造が見えた。俯いて、座っている。

ちらりと振り返り、お滝はそっと襖を閉めた。座るように目で合図し、おちえの耳元にささやく。

「お信ちゃんが、昨日から帰ってこないんだってよ」

「え、お信ちゃんが」

　ふっくらと愛らしいお信の顔が浮かんだ。最後に会ったのはもう三年も昔のことだ。今では、もう童《わらし》ではなく娘に近い顔つき、身体つきになっているはずだ。

「帰らないって、どういうことよ」

「それが、わかんないのさ。昨夜、お美代さんが持病の癪《しゃく》になっちゃって、お信ちゃんがお医者さまを呼びに行ったんだって。お美代さんの癪は幸い、買い置きの薬で治まったんだけど、お信ちゃんが幾ら待っても帰ってこなくてさ。夜が明けると同時に、正さんがお医者さんのところに出向いたんだけど……」

「お信ちゃんは来てなかった」

　そうだと言う風にお滝が首肯する。眼の色が暗かった。

「じゃあ、昨夜から、お信ちゃんは行方知れずなのね」

「そうなんだよ。正造さん、仕事にならなくてね。何かあったんじゃないかって……、ああして泣いてるんだ。おとっつぁんは帷子に夢中で気がついてないけど、正さん、今日はもう仕事は上がるしかないよ。あれじゃどうにもならないもの」

「でも……心配だよね」

「そうだねえ。でも、十二って歳ならそろそろ色気も出てくるころだろ。もしかしたら男と一緒ってことも考えられるしね」

「お医者さまを呼びに行くのを口実に、男と逢引《あいび》き？　そんなの考えられないよ。まして、母親が癪で苦しんでるってのに」

「男に惚れると、女は見境なくなるもんだよ。それに、その方がいいだろ。お信ちゃんが、どこかで男と逢っていた方が……」

お滝が唇を結ぶ。さっき、おちえを見たとたん、お滝は明らかに安堵の顔つきになった。お滝だとて、お信に男がいたとは思っていないのだ。ただ、男より他の理由を口にしたくない。口にできない。

おちえとお滝、娘と母が顔を見合わせ黙り込んだとき、乱れた足音とともに小太りの男が裏口から駆け込んできた。尻絡げをして、ひどく息を乱している。

「す、すいやせん。あっしは……一文字長屋の……住人で」

男が名乗らない内に、正造が飛び出してきた。

「松介《まつすけ》さん。お信か、お信のことかよ」

「あ、正造さん、お信ちゃんが……お信ちゃんがえれぇことになっちまって……。あ、あの、こ、殺されて、斬り殺されてたんだよ」

悲鳴が正造の喉からほとばしった。それは、野獣の咆哮《ほうこう》に似ていた。うおおっと叫ぶと、正造は松介を突き飛ばし、裏口から飛び出していった。

うおおっ、うおおっ。咆哮が遠ざかる。

「ち、ちょっと、おまえさん。お、お信ちゃんが殺されたって……真なんですか」

お滝の問いも震えている。

正造に突き飛ばされ尻もちをついたままの格好で、松介は何度もうなずいた。おちえは、水を湯呑《ゆの》みに入れて差し出した。松介はそれを、貪《むさぼ》るように飲んだ。飲んで、なお、はあはあと息を弾ませている。

「ほんとに、お信ちゃんは殺されて……たんですか」

「……首のところをばっさり斬られて……。神社の森の中で見つかったんだそうで……」

斬られていた。斬り殺されていた。

「まさか、また」

今度はお滝が悲鳴をあげる。よろめいた母の身体をおちえは両腕で支える。手のひらに身体の震えが伝わってきた。

四　唐《から》草《くさ》模《も》様《よう》

おちえは、台所の格子窓からそっと、外に目をやる。中庭を挟んで鉤形《かぎがた》に曲がった廊下と閉じられたままの障子戸が見える。障子の向こうが、丸仙の仕事場だ。

静かだ。

その静かさはいつも通りで、廊下に落ちる柿《かき》の木の影も、淡い冬日に照らされる障子の白さも、庭に響く鵯《ひよどり》の高い声も、何一つ、変わったところはないように思える。つい数日前とも、一月前とも、一年前とも、おちえが生まれたころとも同じようだと思える。

しかし、違っていた。

静寂が重い。重さに押し潰されたかのように、死臭がする。血膿《ちうみ》の臭《にお》いがする。むろん、それは全て幻覚で静寂に重さはなく、台所に漂っているのは、朝炊いたご飯の匂いだ。

「何だか嫌な臭いがするねえ」

お滝が竈の前で呟いた。

「え、おっかさんも？」

「おまえも感じるかい。薪《まき》に虫の死骸《しがい》でもくっついてたのかねえ。妙に臭うよ」

「ああ……薪ね」

「おまえは、何が臭ったんだよ」

「別に何も……」

まさか死臭がするなんて、言えない。そんなことを口にしようものなら、お滝が激怒するのは目に見えている。

「おちえ、いいかげんにおし。験の悪いのにも程があるよ。それでなくても、みんな、気分が沈んでんだ。そんなこともわかんないほど、おまえはぼんくらなのかい」

と。虫の居所が悪ければ頭の一つも叩かれるだろう。

「何だよ、煮え切らないねえ。はっきりお言い、はっきり」

「はっきり言ったら、叱られるもの」

「は？　聞こえないよ。何を一人でぶつぶつ言ってんだよ。いらいらするじゃないか」

お滝は薪を火口に放り込んだ。火花が散る。それを手で払い、「まったく、この家で威勢のいいのは火花だけかい」と舌打ちをする。

お滝も苛立《いらだ》っていた。

常にはない刺々《とげとげ》しさを露《あらわ》にしていた。

お滝はよくしゃべるし、よく怒る。誰に対しても、ずけずけ物を言う。遠慮がないのだ。仙助曰《いわ》く、「おちえ、おまえのおっかさんはな、公方さまや天子さまの前でも平気で言いたいことを言うたまだぜ。てぇした女さ」だとか。

あながち冗談や空言ではないかもしれない。

相手が誰であっても、言うべきことがあるのなら言う。そのかわり、陰口は決してきかない。筋を通し、そう容易《たやす》くは他人の言葉に惑わされない。いたいけな童や年寄り、病人を労《いた》わり、尽くそうとする。それが、お滝の気性だ。だから、今日のように、さしたる理由もなく苛立つのは珍しい。いや、理由はわかっている。

怖いのだ。

不安と恐怖に心がささくれて、ついつい、言葉も仕草も尖ってしまう。それをどうしようもないのだ。

娘ばかりを狙い、惨《むご》く殺す。

あの殺人鬼がまた、現れた。

丸仙の職人正造の娘、お信が斬り殺された。喉元を鋭利な刃物で掻《か》き斬られて息絶えていたのだ。その手口は四年前に五人の娘が無残に殺されたときとよく似ている。そっくりだと言えるのではないか。お滝でなくても娘を持つ母なら、凍るような怖《お》じ気《け》を覚えるだろう。まして、名前も顔も知っている、何度も言葉を交わした娘が犠牲になったのだ。怖じ気は、お信を哀《あわ》れむ気持ちと重なりさらに膨れ上がる。

「帰ったぞ」

仙助が裏口から入ってきた。入ってくるなり、上がり框に腰を下ろし、長い息を吐き出した。おちえが水の入った湯吞みを差し出す。仙助はそれを無言で摑《つか》むと、音を立てて飲み干した。

「正さん、どうだった」

お滝が亭主の顔を覗き込む。

いつになくか細い声音だった。語尾が儚く消えてしまう。

仙助はお信の葬儀の後も、仕事の合間に一文字長屋をおとない、正造夫婦を見舞っていた。

「どうもこうも……正のやつ、まるで魂の抜け殻みてえになっちまって、おれが何を言っても返事しねえんだ。こう、ぼーっとあらぬ方を眺めて、それで、突然にぽろぽろ涙を零してよ……。そうなると、もう、止まらなくなるみてえで、ずっと泣き続けて……。どうにも、いたたまれねえ気分になるぜ」

「お美代さんは？」

「気丈に振る舞っている。けどよ、内心は地獄を覗いてんだろうなぁ。あたしが癪さえ起こさなけりゃあ、医者など呼びに行かせなければこんなことにはならなかったって……」

「まぁ、そんなことを。お美代さんのせいじゃないよ。お美代さんはこれっぽっちも悪くないじゃないか」

「わかってらぁな、そんなこと」

仙助が珍しく語気を荒らげる。

おちえは両手を胸の上に重ねた。怯《おび》えに全身が縮む。父の語気にではなく、眼の色に怯えたのだ。

暗い、とてつもなく暗い眼だった。真夜中の海を思わせる。一度沈みこめば浮き上がるのは叶わぬような暗みがあった。

「おとっつぁん……」

「誰もお美代さんを責めちゃあいねえ。そんな心得違いがいるもんか。お美代さんを責めてるのは、お美代さん本人だ。自分で自分を傷付けて、何とか現《うつつ》と折り合いをつけようとしてるのさ。お信ちゃんのいない現とな。それを、他人がどうのこうの言えねえじゃねえか。自分を責めるな、あんたのせいじゃねえって、そんな、上っ面だけの励まし、屁の突っ張りにもならねえや」

やりきれねえな。

仙助がもう一度長いため息を吐いた。お滝が前掛けで目頭を拭う。

「……仕事をする」

この場にいない誰かに言い聞かせるように、仙助は呟いた。それから立ち上がり、台所を出て行こうとする。

「あんた、正さんはどうするんだい」

お滝が縋《すが》るように、亭主に手を伸ばした。

「このまま暫く、休ませてやるんだろう」

仙助は背を向けたまま。何も言わなかった。

「あんた……」

「正のやつは、もういけねえ」

お滝の顎が震えた。

「いけないって……どういうことだい」

「もう、仕事にゃあ戻れねえかもしれねえ」

「そんな……。あんた、そんな薄情なこと言いっこ無しだよ。正さんはずっと、丸仙で働いてくれてたんじゃないか。一生、うちで面倒みるって、あんた約束して」

「うるせえ！」

仙助の一喝に、お滝が口を閉じる。

「そんなこたぁ言われるまでもねえ。このおれが、一番よくわかってらぁな。おれだって、正造にその気があるなら……、縫箔の仕事を続けるつもりなら、喜んで引き受けてやるさ。けど……」

振り返り、仙助はあの暗い眼で女房と娘を見やった。

「正造は魂が抜けちまった。人の形《なり》はしてても、中身はがらんどうだ。空っぽなんだよ」

今度はお滝が上がり框に腰を下ろした。崩れるような座り方だった。片手をついて身体を支え、俯《うつむ》く。

「魂のねえやつに針は刺せねえ。あいつが正気に戻るまで仕事は無理だ。今の正造の頭の中にゃあ、縫箔のぬの字もねえだろう。それを思い出すまで、休むしかねえよ」

「休むって、いつまでだよ」

「そんなこたぁ、わかるわけねえだろ。正造が腹ぁ据えて、針を持とうと思わなきゃどうにもなんねえ。けど……それには、そうとう日が要るぜ。お滝」

「なんだよ」

「今までと同じってわけにはいかねえが、できるだけの給金を包んで正造に届けてやってくれねえか」

「あいよ」

お滝がやっと、微かだが笑んだ。

「あたしたちにできるのは、それくらいだからね。精一杯、やらせてもらうさ」

「すまねえな。うちもそうそう楽じゃねえってこたぁわかってんだが、正のやつをあのまま放《ほ》っぽらかすわけにもいかなくてな」

「当たり前じゃないか。そんなことをしてごらん。あたしがあんたを放り出すよ。安心おしな。それくらいの余裕はあるさ。正さんたちの暮らしが立ち行かなくなるような真似はさせないよ」

お滝の声音にいつもの勢いが戻った。おちえは、安堵の息を吐く。

父の暗い眼も、母の怯えも怖い。心の臓を毛むくじゃらの手で摑まれたような震恐を感じてしまう。それは、相手の見えない怖《おそ》ろしさだった。見えない相手によって、おちえの日々が、このまま安穏《あんのん》に過ぎて行くと信じていた一日一日が、あっけなく崩れるかもしれない怖ろしさだった。

「これが他の事なら、正造の尻を蹴飛《けと》ばして、しっかりしろとどやしつけもできるんだが……。たった一人の娘があんな殺され方をしたんだ。正造のやつ、お信ちゃんを目の中に入れても痛くねえほど可愛がってたよな。この前もお信にせがまれたんだって、唐草《からくさ》模様を巾着《きんちゃく》に刺繡してやがってよ。鳥しか刺せねえくせに、平助に助けてもらって懸命に……。なのに、あんなことになって、結局、渡せず仕舞いで……。正造が、今どんな心持ちなのか……痛《いて》えほどわかっちまってよ。おれが正造だったらと……、万が一、正造と同じになったらどうするって考えると、何にも言えなくて」

「止《や》めてよ！」

今度は、お滝が亭主を怒鳴りつけた。

「あんた、何を言ってるかわかってんのかい。そんな、馬鹿なこと口にするんじゃないよ。験が悪いにも程ってものがあるだろう」

「あ……すまねえ。ほんとだ、馬鹿なこと言っちまった。おれも、どうやら焼きが回ったな。勘弁してくんな」

　仙助があっさりと謝った。顔が少し歪んでいる。お滝の頬も強張《こわば》って、眼だけがぎらついていた。

「おとっつぁん」

　おちえは板場に上がり、父の前に立った。

「あたしの頬《ほ》っぺたを思いっきり、打ってみて」

「はぁ？　何だってて？」

「だから、あたしを本気でぶん殴ってほしいの」

「ぶん殴るって、何でおれがおまえを殴らなきゃならねえんだ。そんな、粗相をしたのかよ。あ、まさか、おれの縫台を壊したんじゃねえだろうな」

「壊してなんかないです。粗相なんか、一つもしてません。四の五の言わなくていいから、ともかく、殴りかかってよ。本気でよ。いいかげんじゃ駄目だからね」

　仙助は瞬きを繰り返し、こぶしを握った。おちえは、目を閉じる。

「いつでも、どこからでもどうぞ」

　仙助とお滝が顔を見合わせた気配がする。仙助がすっと足を前に出した気配がする。

おちえは目を開け、腰を沈めた。真っ直ぐに、勢いよく突き出されたこぶしを避け、仙助の懐に飛び込む。

「えぇいっ」

　気合と共に、仙助の足を払った。

「きゃっ、あんた」

　お滝が悲鳴を上げたのと仙助が床に転がったのは、ほぼ同時だった。床が鳴り、仙助が唸《うな》る。

「あんた、だ、大丈夫かい。おちえ！　おとっつぁんに何てことするんだい。腰でも打ったら、大事《おおごと》じゃないか」

「手加減はちゃんと、してます。ほんとなら、もっと力いっぱい相手を叩きつけられるのよ。気絶しちゃうぐらい」

　両手を腰に当てて、おちえは父と母に笑みを向けた。

「榊先生がね、体術も教えてくださったの。女子は特に、不逞の輩に付け込まれぬ用心に強くなれとおっしゃってね。どう、かなりのものでしょ」

「う……馬鹿野郎が。親を投げとばして得意になってる娘が、どこにいるってんだ。あいてて。けどよ……いつぶん投げられたのか皆目、わかんなかったぜ。気が付いたら転がってた」

　立ち上がり、仙助は苦笑いを浮かべた。

「でしょ。おとっつぁん、おっかさん、大丈夫、あたしは強いの」

　胸を張る。

「万が一、襲われたって切り抜けられるわ。易々《やすやす》、殺されたりしない。だから安心して」

まっ、とお滝が小さな声を上げた。仙助の口元がへの字に曲がる。

「おちえ、言っとくがな。あんまり自分を過信するんじゃねえぞ。お信を殺《や》った下手人がどんなやつか、わかってねえんだ。わかってねえけど、頭のいかれた怖ろしい男に違《ちげ》えねえんだ」

「女かもしれないわ」

「なに？」

「男と決まったわけじゃないでしょ。女かもしれない」

「女が娘っ子の喉笛を掻き切ったりするかよ」

「でも、女には絶対にできない所業じゃないもの」

「そりゃあ理屈はそうだが、まさか、それはあるめえ」

「止めておくれよ」

お滝が割って入り、まずはおちえを、それから仙助をひたと睨《ね》めつけた。

「何度言ったらわかるんだよ。殺したの殺されたの、そんな物騒な話はもう止めにしておくれ。おちえ、おとっつぁんの言う通りだよ。あまり、世の中の怖さってもんを見くびるんじゃないよ。これからは、日が暮れないうちに、必ず帰っておいで。それと、一人で用もないのに外をうろうろするんじゃないよ。それと……人通りの多い道しか通っちゃいけない。わかったね」

「はい。おっかさんの言う通りにいたします。てことで、あたし、お稽古に行ってくるわね。

大丈夫、明るい内に帰るから」

　稽古道具を肩に掛ける。

「あたし、ますます強くなるわね、おっかさん。誰にも負けないぐらい強くなるから」

　いつもなら、こんな台詞を口にしようものなら、お滝から大目玉を食らう。しかし、今日は一言も返ってこなかった。

　戸口でちらりと振り返るとお滝は、祈るように手を合わせていた。


「待て、ちょっと、待て」

　源之亟が片手を上げて、おちえを制した。

「伊上さま、稽古とはいえ勝負でございます。待ったは、無しでございましょう」

「しかし、いや、待て。おちえ、今日はどうした。やけに、荒れておるではないか」

　源之亟が肩で大きく息をつき、額の汗を拭いた。

　地稽古の最中だった。

　荒れている……。

　源之亟の一言を胸の内で呟いてみる。少し疼《うず》いた。

　荒れていたかもしれない。ただ無暗に、力まかせに打ち込んでしまった。行き場のない思いがうねり、高まり、ぶつかり、砕けた。真冬の荒海のようだ。

お信の顔が、正造の顔が浮かぶ。

何で、どうして、こんな定めに陥ったのだ。江戸の片隅で、まっとうに、ささやかに、懸命に生きていただけの一家が、どうして、こんな地獄を見なければならなかったのだ。

どうして、どうして、どうして、どうして。

憤りに目眩《めまい》がしそうだ。

しかし、それは剣とはかかわりがなかった。荒れて、猛《たけ》る心のままに振り回した剣など、ただの邪剣に過ぎない。竹刀を握りながら、心を静められなかった。それを恥じる。

「申し訳ありません。あたしが未熟でした。お許しください」

竹刀を引き、深々と頭を下げる。

「いや、別に……おちえに、そんなに素直に謝られると、かえって気味が悪いというか、居心地が悪くなる」

「まっ、伊上さま、あんまりです」

「ははは。許せ、許せ。しかし、今日の荒れはいったい」

源之亟が口を閉じた。

道場の戸口から、道場主榊一右衛門と師範代の沢原荘吾が入ってきたのだ。門弟たちの動きが止まる。

二人の後に、もう一つ、長身の人影が見えた。

おちえは、もう少しで声を上げそうになった。

吉澤さま。

吉澤一居がそこにいた。

吉澤さまがどうして。

おちえは口を半ば開けたまま、立ち尽くしていた。

五　蛇《じゃ》籠《ろう》桜《おう》花《か》文《も》字《じ》模《も》様《よう》

武者窓の格子の隙間《すきま》から、風がさあっと吹き込んできた。

おちえの剝《む》き出しの首筋を撫でる。

思わず縮みあがった。

「あれは……佐竹道場の吉澤ではないか」

伊上源之亟が呟《つぶや》く。

その呟きがどうしてだか、痛い。胸を一突きされた気がした。

おちえは稽古着の上から胸を押さえ、気息《きそく》を整えた。手のひらに己の、やや乱れた鼓動が伝わってくる。

一居《いちい》は師範代の沢原荘吾と何か話しをしていた。

沢原は中肉中背、ごく凡々とした身体《からだつ》付きをしている。顔立ちも挙措《きょそ》も同じで、およそ目立つというところがない。

剣の形《かた》においても同じで、派手さは微塵《みじん》もうかがえなかった。気合の一声とともに打ち込んでいく豪快さとか、華々しい立ち回りとは無縁の地味な剣だった。しかし、その分粘り強く、こちらの攻めのことごとくを受けられ、かわされてしまう。

焦れたり疲れを覚えて、隙をみせた瞬間に、沢原の一撃が小手や脇腹にぴしりと決まるのだ。それが声を上げるほどに痛い。骨の芯《しん》まで染みてくる。どうしてだか沢原に打たれると、痛みを鋭く感じるし、いつまでも疼くようであった。

「沢原さんは執念深い性質《たち》なのだ」

源之亟が悪口とも苦情ともつかぬ物言いをしたことが、一度だけある。師の榊一右衛門の前で、模範稽古を披露した日のことだ。稽古といっても、道場の師範代と高弟が竹刀を交えるのだから、ただ形をなぞるだけの演技であろうはずがない。むしろ、真剣勝負に近い緊迫感が漂っていた。

その折に、源之亟は沢原にしたたかに小手を打たれ敗れたのだ。

赤紫に腫《は》れて熱を持っていた源之亟の手首を、おちえは井戸水で冷やして手当をした。

「あら、人の性質と剣に関わりがございますか」

濡れた手拭いを巻きながら尋ねてみる。すねた子どもを思わせる男の口吻がおかしかった。

「あるとも。執念深くなければ、ああいうねちねちした剣は遣えん」

「師範代の剣が、ねちねちしているとは思えませんけど。それに、お人柄だってねちねちはしておられませんでしょ」

はっきり語れるほど沢原荘吾のことを知っているわけではない。源之亟と同じ五十石取りの下士ではあるが、源之亟が係累のない気楽な立場であるのに対し、沢原は妻と幼い娘と老母、女三人を養う責を負っている。

寡黙でめったに笑わず、閑談の輪にも入ってこない沢原は確かに気難しげで近寄り難いといか、あまり近寄りたくない気配を纏っている。それを剣の道に精進しようとする意志の表れだと評する者も、いや、生来の質が偏屈で陰気なだけだと嫌う者もいた。源之亟は後者らしい。

おちえは、沢原を好いても厭《いと》うてもいなかった。好き嫌いを言えるほど、相手を知らないのだ。沢原の方も、おちえに声をかけることなどめったになかった。女としても剣士としても、眼中にないように振る舞う。女として眼に留めてもらいたいとはいささかも望まないが、同じ剣の師を仰ぐ者としては、少しは認めてほしい。

おちえの偽らざる心の内だ。

沢原は己が士分であることに強い誇りを抱いていた。誇負《こふ》の念が町方をどことなく見下す振る舞いにつながっている。そこが、源之亟とは違うところだ。

その源之亟が木像のように固まっている。眼を見開いて、一居を見詰めていた。

「吉澤が何で……」

言葉と唾《つば》を同時に飲み込む。喉仏《のどぼとけ》が上下に動いた。

「おい、まさか道場破りじゃないだろうな」

後ろにいた八槻要がささやいてくる。沢原同様に言葉数の少ない男だが、陰気さや妙な粘度は感じさせない。小柄で普段の動きがきびきびと小気味よいのと、源之亟と同い年でありながら五つ六つは若く見える童顔のおかげだ。榊道場には珍しく、小普請支配を務める布衣《ほい》の旗本の子弟だった。ただ、二人の兄がいる部屋住みの身であり、長兄の婚儀が間近とかで「だんだん家に居辛くなる」とぼやくことが多くなった。源之亟たちからは、「贅沢な悩み」だの「そのうち運が回ってくる」だの叱咤されたり励まされたりしていた。それで気が晴れるのか童顔をほころばせて要は笑う。そういう場面を見ると、おちえはちょっぴりだが男たちが羨ましくなる。

ただ、今は源之亟も要も真剣な面持ちで前を向いている。

「道場破り？　吉澤が何でそんな真似《まね》をするんだ」

源之亟がぶっきらぼうに尋ね、要がかぶりを振って答える。

「わからん。他に思い付かんから言ってみただけだ」

「でも、他流試合は禁止されておりますでしょ」

たまらず、口を挟んでしまった。

「先生がお許しになるわけ、ありません」

「さもありなん」

源之亟がうなずく。

榊道場だけでなく、江戸市中の多くの道場が他流試合を禁じていた。余計な揉《も》め事や諍《いさか》いの因になりかねないからだ。

「じゃあ、何で佐竹道場の高弟がうちに現れるんだ」

要が下唇を僅かに突き出した。童顔がさらに子どもっぽくなる。しかし、おちえは要の顔様どころではなかった。

沢原の後ろに立っている一居から、目が離せない。手のひらを突き上げる鼓動はさらに強く、速くなっていく。

「手を止めるな」

沢原が声を張り上げた。

「このまま地稽古を続けろ」

沢原が一言二言、何かを一居に告げる。一居はうなずき、壁際まで下がった。

「よし、始め！」

沢原の号令に門弟たちが一斉に動く。

おちえはまた、源之亟と向かい合った。

型通りに数度合わせた後、本気の打ち合いに移る。

「てえーっ」

源之亟が打ち込んできた。

青眼から左右どちらにも無尽に打ち込んでくる。並はずれた体力は源之亟の武器の一つだ。

ついさっき、おちえに待ったをかけた男とは思えない。あれは、いつになく荒ぶれたおちえの剣を戒める心遣いだったのか。

一居の出現によって一時忘れていたお信の死が、また、思い出された。下膨れの愛らしい顔立ちの少女だった。あのお信が死んだ。尋常な死に方ではない。喉を掻き斬られての横死だ。顔見知りの少女の無残な最期に心を馳せる。馳せれば馳せるほど、情動が渦巻く。

お信が哀れだった。

お信を手にかけた者が憎かった。

怒りが髪の先まで宿る。

おちえを今、衝《つ》き動かしているのは恐怖でも悲嘆でもなく怒りだった。影さえ見えぬ下手人への憤怒だ。

闇から現れ、罪もない少女を殺し、闇に消えた者を許せない。その思いに駆られてしまう。

竹刀を構えた源之亟に下手人の黒い影が重なった。

許さない。

「つえーっ」

気合と共に、打ち込む。打ち込む。打ち込む。

「わわっ、おちえ、待て、待てったら」

源之亟がおちえの勢いを止めようと、手のひらを広げて差し出す。

あ、いけない。また、やっちゃった。

さっき剣の荒さを恥じたばかりなのに、また、抑えが利かなかった。激する思いを剣にのせてしまった。

「す、すみません。伊上さま」

「おちえ。いったいどうしたというんだ。今といい、さっきといい。およそおまえらしからぬ荒れ方だぞ」

「はい……」

「何かあったのか」

「はい……」

「言ってみろ。聞いてやる」

「いえ。そんな……」

「遠慮はいらん。しゃべれば胸の内が空《す》くということもある」

「でも、伊上さま、今は稽古中ですので」

「構わん。遠くから見れば、おれがおちえに説教、あるいは指導しているように見えるだろう。第一、今のおまえとまともに稽古などできると思うか？　まるでこちらに募る怨《うら》みがあるかの如くじゃないか。あんな剣を遣われて稽古になるか」

「……す、すみません」

一言も言い返せない。ひたすら詫《わ》びるしかない。

竹刀を握りながら、無心になれなかった。

お信のことを考えた。怒りに心身が震えた。源之亟を幻の下手人に見立ててしまった。

無心になどなれない。どうしても。

背中がすうっと寒くなる。

ここまでなんだろうか。

唐突に、そんな思いが過《よぎ》った。

剣を握って無心になれない。それが、あたしの限界なんだろうか。まただしぬけに、父の言葉がよみがえってきた。

本物の縫箔職人ってのはな、針を刺してるときは息さえ忘れるもんさ。

仙助がそう言ったとき、おちえは賢《さか》しらに剣も同じだなどと、説いたではないか。

どの口で言ったのやら。

針を手に息さえ忘れる職人の専心も剣士の無我も、おちえには遠く及ばないものだ。

あたしは……ここまで……。

知らず知らず俯《うつむ》いてしまう。

「おちえ、おい、まったくどうしたんだよ」

源之亟が焦《じ》れたのか、軽く足を踏み鳴らした。

「しっかりしろ。何があったんだ」

「おい、源之亟、相手しろ」

新之助が源之亟の肩に手を置く。

「おちえは、おれとだ」

要がおちえの鼻先に、竹刀の鋒《きっさき》を差し出した。榊道場の地稽古は、相手を代えながら半刻ほど続くのが習いだった。

「いや、待て。おれは今、おちえと大切な話をしておるのだ」

「稽古の最中に、何の話をする？　まさか、嫁にこいと口説《くど》いておるのではあるまいな」

「いや、それはさすがにまずい。やるなら他所《よそ》でやる。しかも大きな声じゃ言えんが、この前、体よく断られたばかりだ。いや、諦めたわけじゃない。二度三度、挑んでみるつもりではあるんだが、その時宜を得るのが難しい」

「何を寝惚《ねぼ》けたことを言ってる。来い。稽古だ、稽古」

新之助が源之亟を引き摺《ず》っていく。

「では、おちえ。手合わせ、願おうか」

要が構える。

「はい」

平常心、無心、無我。

束《つか》の間《ま》、目を閉じ、お信の全てを追い払う。視界の隅に一居の姿が見えた。端座して、道場に視線を巡らせている。

これも追い払う。

平常心、無心、無我。

「八槻さま、お願いいたします」

「うむ、来い」

要の剣は、源之亟ほど剛力ではない。その分、軽く、速く、動く。八双から切り下げられた剣先がそのまま斜めに上がり、横に払われる。一瞬の油断もできない剣筋だ。ただ、捉《とら》え切れないほどではない。気息さえ乱さなければ、十分に受けられる。童顔のせいなのか、源之亟と対したときほど心は騒がない。

しかし、今日はいつにもまして要は軽やかだった。楽しげでさえある。

「八槻さま、何か良いことでもありましたか」

一息吐いたとき、尋ねてみた。要は汗を拭い、口元をほころばせた。

「いや、何もないが……開き直ったというか、すっきりしたというか、そういう心境だ」

「はあ……」

よくわからないが、要が悩みや鬱々とした想いから楽になったのなら嬉しい。これ以上、知り合いの沈んだ顔を見たくない。

「さっ、おちえもう一勝負だ」

要が構える。打ち込んでくる。

受けに受けた後、おちえは相手に向かって足を踏み出した。打ち込む。受けられる。さらに打ち込む。弾《はじ》かれる。反転した竹刀が襲ってくる。受ける。弾く。もう一度、踏み込む。

「よし、そこまで」

沢原が片手を上げ、地稽古を止めた。

場内に満ちていた竹刀の音や掛け声が、ぴたりと止《や》む。

「八槻さま、ありがとうございました」

肩で息をしながら、要に一礼する。

「危ないところだった」

袖で汗を拭き、要が笑った。

「もう一撃喰《く》らっていたら避け切れなかった。いいところで、止めてもらった」

「そんな……」

「また腕を上げたな、おちえ。さらに強くなったではないか」

視線を上げ、要を見る。

「八槻さま、ほんとにそう思われますか。お上手ではなく」

「おちえに上手を言うて、おれに何の得がある。真だ。この前までは、ここまで追い込まれることはなかったぞ」

「あたしは……まだ、強くなれるでしょうか」

「なるだろう。おまえの伸び代は怖ろしいほどだ。一年、いや、半年経てば、おれなど相手にならぬかもしれんなあ」

要は実に率直に語った。真顔だった。冗談や出まかせではないのだ。おちえは、汗に濡れた髪を掻き上げた。

そうだろうか、ほんとうに。

仙助なら、父なら、針を刺すことに一心を傾けない職人を「伸び代がある」とは言わないだろう。その職人が一寸見《ちょっとみ》では見事でも巧みでもある品を仕上げてもだ。

「はんちくな職人ははんちくなものしか刺せねえ。針ってのはな、刺し手の半端を見逃してくれるほど甘くはねえんだ」

渡りの職人に仙助がそう怒鳴っているのを聞いた。もう二、三年も昔だったろうか。仙助の足元に蛇籠桜花文字《じゃろうおうかもじ》模様の小袖が落ちていた。黒麻地の暑衣に桜花の散った模様が眼に染みて美しかったのを覚えている。あの模様のどこが、はんちくであったのだろう。当時も今も、おちえには見通せない。怒鳴られた職人は、何か捨て台詞《ぜりふ》を残して丸仙から出て行った。そして、二度と現れなかった。

針は見逃してくれない。

剣も見逃してくれない。

要が腰を屈め、覗き込んできた。

「おちえ……。おまえ、少し変だぞ。もしかして、源之亟に何か言われたのか」

「え？」

「あいつは、本性は実に良いやつなのだが、考え無しに物を言うところがある。本人は磊落《らいらく》なつもりかもしれんが、周りにいると耳障りにもなることが、往々にしてあるからな。何か気に病むようなことをずけずけ言われたのだろう」

「あらま、そんな。違います、違います。伊上さまは何もおっしゃってはいません」

「そうか……ならいいが、源之亟のやつあけすけな物言いをするから……」

要が呟く。妙に粘っこい口調だ。暗くて、気味悪さまで感じてしまう。八槻にこんな暗みがあったとは意外だ。それを束の間でも見てしまったことに、心がまた逸《はや》る。さっきの軽やかさはどこに消えたのか。もしかしたら要は、おちえが源之亟に言い寄られて難渋しているとでも思い違いをしているのかもしれない。

「伊上さまは、かかわりないんです。あたしが、あれこれ思い悩んでいるだけで……」

「あれこれとは？」

要が眼を細めたとき、ざわりと空気が動いた。

一居が竹刀を握って、進み出てきたのだ。

「吉澤どのが稽古をつけてくださるそうだ。望む者はいるか」

沢原が道場内を見回す。

「おうっ」という声と共に、源之亟が進み出る。

「ぜひに、お願いしとうござる」

「伊上源之亟か。いかがかな、吉澤どの」

一居が静かに頭を下げた。

「吉澤と源之亟の勝負か。これは見物《みもの》だな」

要が腕組みをして、微かに笑んだ。さきほどの暗さもどこかに消えている。

「勝負ではなくて、稽古でございましょう」

「源之亟にすれば試合に臨む意気であろうよ。かの肥後藩邸での御前試合でまだ前髪の吉澤にいいようにやられて、ずい分と悔しがっておったからな。雪辱を果たすつもりではないのか」

「まあ、伊上さまもいいかげん執念深い性質《たち》なんだわ」

「うん？　執念深い？」

「あ、こちらのことです。でも、八槻さま、どうして吉澤さまは、うちの道場に稽古にいらしたのでしょうか。市中にはたくさんの道場があるのに……」

「うーむ、おれにもわからん。こちらから佐竹道場の稽古に出向いた者はおらんのだから、先生たちに門弟を行き来させるつもりがあるわけでもないし……。吉澤一己《いっこ》の考えだろうか」

「一己の考えで他道場の稽古に参加してもいいものでしょうか。佐竹道場ってそんなに開かれてるのかしら」

「いやあ、普通はありえんだろう。第一、榊先生だって、他道場との私的な稽古や試合は禁じておられる。どうして、吉澤だけは許したんだ」

納得がいかないという風に要が首を傾げる。

吉澤さまのお家が二千石ものお旗本だからでしょうか。そう言いかけて、おちえは言葉を飲み込んだ。

それこそ、ありえない。

榊一右衛門が家の格式とか身分とか禄高《ろくだか》に動かされて、他流稽古を禁じている範を犯すわけがなかった。

何かしら余程のことが、余程の事情が、事由があるのだ。

「つえーいっ」

気合が響く。

源之亟の竹刀が音を立ててしなった。

剛力で速い。

まともに喰らえば、骨が砕けるかもしれない。

一居の腰が沈み込んだ。

源之亟の一撃を受け止め、跳ね返す。相手の勢いを削ぐのではなく、反撃の力に変える。そのための柔らかな構えだった。源之亟の足取りが僅かに乱れる。その乱れをものともせず、源之亟はさらに打ち込んで行った。

「うーん、いつにも増して果敢な攻めだな。源之亟らしいと言えばらしいけれど。あれが吉澤に通用するか」

「無理です」

柔は剛を飲み込む。飲み込み、包み込み、力を封じる。

「無理か」

要が唸る。眼の下が薄《うっす》らと赤らんでいる。

「八槻さまは、どうします」

「うん？」

「吉澤さまとのお稽古に臨まれますか」

「おれが勝てると思うか」

「いえ」

はっきりとかぶりを振る。

「正直だな、おちえ。いささか正直過ぎるぐらいだ」

要が苦笑した。そのとき、あっと小さな叫び声が上がった。

源之亟の竹刀が床に転がり、源之亟本人は、その場に片膝をついた。肩を押さえ、低く唸る。

一居は竹刀を下げ、一礼した。

「よし、そこまで。次は誰か」

「ご師範代」

一居は沢原に顔を向け、一息を吐き出した。

「まことに勝手ながら、それがしに稽古相手を選ばせていただけぬでしょうか」

沢原の眉間に皺が寄った。その表情のまま、一右衛門を振り返る。師はゆっくりとうなずいた。沢原の眉間の皺がさらに深くなる。舌打ちの音が聞こえてきそうな顔つきだ。

「ご随意になされるがよい」

「かたじけのうございます」

今度は一息を吸い込んで、一居は視線をゆるりと巡らせた。

視線がからむ。

あたしを？

吉澤さまは、あたしを名指しするつもりなの？　もしかして、そのために榊道場に？

おちえは生唾を飲みこんだ。身を硬くし、一居の眼差《まなざ》しを受け止める。逸らす気はない。

手のひらにじっとりと汗が滲んだ。

六　梅《うめ》花《ばな》模《も》様《よう》

一居の視線がゆっくりと遠ざかっていく。それが沢原の上で止まった。沢原が顎《あご》を引く。

「ご師範代、稽古をお願い申しあげます」

一居は深く、頭を下げた。

道場の空気がざわつく。風が枯野を騒がすのに似て、不穏な気配が走り抜けた。

「おい、あいつ、やっぱり道場破りか」

要がささやいた。おそらく独り言だろう。しかし、傍《そば》のおちえには、はっきりと聞き取れた。

「それは無いと思います」

答える気はなかったのに、つい言葉が漏れた。

「なぜだ。なぜ、無いと言い切れる？」

「あ、それは、その……だって……」

「おちえ、おまえ、吉澤を前々から知っているのか」

要がちらりとおちえを見やった。童顔だからさほどには感じないが目付きに鋭さが加わる。

「いえ、そんなことは……」

まさか、父親に弟子入りを乞うてきたとは言えない。一目見たときから、心動かされてしかたないとは、さらに言えない。

「あの、ですから……勘です、勘。何となくですけれど、道場破りをするようなお方ではないように感じまして……」

「見た目と性根とは、えてして異なるもんだ。吉澤という男は兎《うさぎ》の振りをしている狼《おおかみ》かもしれんじゃないか」

狼は縫箔職人になりたいなんて望まないわ。

これも口にできない台詞だ。

「おっ、始まるぞ」

要が一歩、前に出る。その動きにつられて、おちえも身を乗り出した。

竹刀を手に、一居と沢原が向かい合っていた。

二人とも防具はつけていない。稽古着のままだ。

沢原は青眼に、一居は下段に構えている。

「まっ」

小さく叫んでいた。

「八槻さま、これは……」

「ああ、気が付いたか。源之亟のときとは構えがまるで違う。いや、構えじゃないな。これは……何だ」

「本気なんでしょう」

おちえは我知らず握っていたこぶしを、開いた。

「本気……」

「ええ。吉澤さまは本気で、師範代と向かい合っているんです」

そして、本気で倒そうとしている。

「源之亟のときは本気ではなかったわけか」

「伊上さまが本気にさせてくれなかったのです。闇雲に打ち込むだけの剣なら、受けて受けて、相手に隙ができるのを待つだけで事足ります。吉澤さまとしては、本気になりようがなかったのではありませんか」

ちらっ。

要がまた、尖《とが》った視線をおちえに向けた。

「おまえは本当に……歯に衣《きぬ》着せぬ物言いをするな。今の台詞を源之亟が聞いたら、憤怒のあまり卒倒するぞ」

「伊上さまなら、そんなこと、とっくにおわかりのはずです」

おちえは僅かに顔を動かし、伊上源之亟の姿を探した。道場の隅で壁を背にして座り込んでいた。道場の隅から食い入るように、沢原と一居を凝視している。

何を考えているのだろう。

いつになく険しく、そのくせどこかが緩んでも見える横顔から、おちえは目を逸《そ》らした。

力の差を思い知らされた男は、今、何を考えているのか。


「どう足掻《あが》いたって敵《かな》わねえ。そうわかっちまうってのは、辛《つれ》えもんだな」

平助の一言だった。

仙助は昨日、この弟子に半襟師になるように勧めた。半襟の刺繍《ししゅう》だけを請け負う縫屋のことだ。

「人にはそれぞれ相性ってもんがある。人と人にも人と仕事にも、男と女にもな。おめえは半襟と相性がいいとおれは思ってんだよ、平助。帯や衣じゃなくて、半襟の細けえ模様を丹念に縫っていく。あの小せえ布きれに、な。それがおめえの手だ。花井屋だって、おめえの品を喜んで仕入れてくれてる。評判もいい。他の店からの引き合いもある。おめえの前には道が開けてるじゃねえか」

緞帳《どんちょう》、紋章、小物、帯、衣装……一口に、縫屋、縫箔屋と言っても、それぞれ受け持つ仕事が違ってくる。半襟は、襦袢《じゅばん》の襟にかけて装飾用として使う。このところ、流行《はや》り出した洒落《しゃれ》の一つだ。

「けど、親方……、この前、おれの半襟には何かが足らねえって」

　珍しく平助が言い返す。

「ああ、言った。それに気づいて、足らねえとこに何かを足していくのは、おめえ次第さ。針を刺しながらな。理屈じゃねえ。おれたち職人は、針や糸と一緒に自分の足らねえとこ、欠けてるとこを埋めていくしかねえのさ。多少時がいっても、おめえにはそれができる。自分の穴埋めができるはずだぜ」

「へえ……」

　二人のやり取りをおちえは廊下で聞いていた。盗み聞きしていたわけではない。廊下を磨いていて、たまたま耳に入ってきたのだ。つい気になって、そのまま聞き耳を立て、覗《のぞ》き込んではいたが。

「花井屋はおめえの仕事を欲しがっている。金になる仕事だ。おめえなら、この先も半襟職人として食っていける」

「それは、親方のようにはなれねえってことですか」

　ぼそりと呟いて、平助は上目遣いに仙助を見た。

「親方、おれは、親方みてえな褄物師《つまものし》になりてえんです」

　やはりぼそぼそと消え入りそうな声で平助は続けた。褄物師とは衣装の刺繡《ししゅう》を専業とする職人のことだ。

「平助、さっきも言ったろう。人には相性ってもんがあるんだ。そこのところを見極めねえと一人前にゃあなれねえぜ。それにな、平助……」

今度は仙助の黒目がちろりと動く。

「おめえ、所帯を持ちてえ女がいるんだろ」

平助が顔を上げ、瞬《まばた》きする。おちえは雑巾《ぞうきん》を落としそうになった。

初耳だった。

十年の奉公の後、平助は通いの職人となり、近くの谷三郎店《やさぶろうだな》に、一人住まいをしていた。通い職になって間もなく、小料理屋に勤めていたおせつという女と一緒に暮らし始めたが一年足らずで別れた。女房が以前の情夫と縒《よ》りを戻し家を出ていったのだ。その件が余程応えたのか、平助は「女は二度とごめんだ」が口癖になり、独り身を通してきた。

平さん、そんな女《ひと》がいたんだ。

つい身を乗り出す。

「親方、ご存じだったんで」

「たりめえよ。おめえと何年付き合ってると思ってんだ。惚《ほ》れた女がいることぐれえ、お見通しさ」

「……まいったな」

そこで、平助は大きく息を吐いた。

「馬鹿野郎。何をまいってんだ。格好つけやがって。で、惚れた女がいながらおめえがぐずぐずしてるのは、前の女房のことを引き摺ってるからか」

「いや、そういうわけじゃ……。お梅《うめ》に……その、長屋の隣に越してきた鋳掛屋《いかけや》の娘なんですが……、そのお梅に出会ってからは不思議とおせつのことが薄れてきて、もう、ほとんど思い出すこたぁなくなりました」

「へっ、言うねえ。ご馳走《ちそう》さまだ。で、お梅さんとやらがおめえの嫁になるのを嫌ってるわけでもねえんだろ」

「へえ、まぁ……。こんな男とでも添い遂げてみたいと言ってくれて……。貧乏所帯を切り盛りするのは慣れているとも……」

「よくできた女じゃねえか。爪《つめ》の垢《あか》を貰《もら》ってきてくれ。うちの娘に煎《せん》じて飲ませてやりてえからよ」

これは、廊下にしゃがみ込んでいるおちえに向けての皮肉だ。おちえは身を縮めた。

「そんな相手がいるなら、さっさと一緒になんな。今の半襟の仕事を続けていりゃあ、女房と子どもぐれえ楽に食わせてやれるようになる。おれが請け合ってやるぜ」

「親方、でもおれは棲物を」

「半襟職人になるんだ」

仙助は弟子の一言をぴしりと遮った。

「縫箔から離れたくないなら、おめえにはその道しかねえ」

「親方……」

「おめえの腕は認める。うちで十五年も働いてきたんだ。生半可じゃねえ。けどな、どうしても甘さが残るんだ。一針一針を刺しながら仕上がったときの図が全部、見えていねえと務まらねえのが、おれたちの仕事よ。おめえには、その図が見えてねえだろう。だから、どうしても平凡になっちまう。注文通りのあしらいぐれえなら、誰より無難にこなせるだろうさ。けど、独特の衣装となると難しい。図の描けねえやつには無理なんだよ、平助」

仙助の物言いは穏やかだったが容赦なかった。聞いているだけなのに、おちえの心身まで強《こわ》張《ば》ってしまう。

「半襟なら、十分やっていける。図案通りに刺してもおめえの腕なら、いい物ができるはずだ。おめえが独り身のままなら何にも言わねえ。けどよ、嬶《かかあ》にしてえ女がいるんだろ。その女と所帯を持って、いずれ子ができてみろ、おめえはそいつたちを養っていかなきゃならねえんだ。子どもを飢えさせるわけにゃあいかねえ。独り立ちして、それだけの稼ぎができる職人になりな」

「親方……」

平助がうなだれる。そのまま、畳に手をつき深々と頭を下げた。それから立ち上がり、廊下に出てくる。前を通り過ぎたけれど、おちえには一瞥《いちべつ》もくれなかった。

「おとっつぁん」

座敷に飛び込む。

「平さんを辞めさせるの」

「辞めさせるんじゃねえ、独り立ちさせるんだ。あいつの歳からすれば遅《おせ》えぐれえだよ」

「でも、でも、平さんは丸仙に残りたかったんじゃない」

十五年だ。十五年前、おちえはまだ襁褓《むつき》をしていた。

平助が高く抱き上げてくれたのを覚えている。手をつないで、祭に連れて行ってくれたのも覚えている。兄弟姉妹のいないおちえにとって、平助は歳の離れた兄のようだった。

その平助が丸仙からいなくなる。

「潮時なんだよ」

煙管《きせる》を取り出し、仙助は口にくわえた。火は点《つ》けない。

「惚れた女がいる。仕事の注文が次々、舞い込んでくる。今があいつの潮時なんだ」

ふうっと煙を吐き出す真似をする。火のない煙管は、ひどく間抜けて見えた。

「ここを逃したら、あいつは一生、丸仙の通い職人で終わっちまう。思い切って、舵《かじ》を切らなきゃいけねえときにきてんだよ。そのことは、平助が一番よくわかってる」

それは凄物の縫箔職人としてやっていけないということ？

喉まで出かかった言問いをおちえは辛うじて飲み込んだ。聞いてはならないことを飲み込むだけの分別は持っている。その代わりに、別のことを尋ねてみる。

「でも、おとっつぁん、正造さんもずっと休んでるのよ。平助さんまでいなくなったら、仕事に差し障りがでるんじゃない」

「そんなこたぁ、おめえが口出しするこっちゃあねえ」

空の煙管を軽く振って、仙助は娘を睨《にら》みつけた。

「つまんねえ口出しする暇があるんだったら、さっさと廊下を拭いちまいな。でねえと、また、おっかさんに叱《しか》られるぞ」

「はいはい」

割り切れぬ気持ちはあったけれど、父の言う通りだ。

おちえの口出しをする話でも、していい話でもない。丸仙の主《あるじ》が決めたことなら、誰もが従うしかないのだ。

おちえが拭き掃除を終え、庭に出たとき、井戸端に佇《たたず》む平助の姿が見えた。

「平さん」

声を掛けてみる。そうしないと、平助が井戸に飛び込むような思いに囚われたのだ。心の臓の動悸《どうき》がした。

「ああ、おちえちゃんか」

思いの外、しっかりした声だった。

ほっとする。

「どうしたの、こんなところで。ここ、寒いでしょ」

「寒い……、ああ、そう言われりゃあ、そうだな」

「何をしてたの……」

平助の手には一枚の布が握られていた。

「これかい……」

ふっと笑い、平助は手の中の布を差し出した。

「あ、梅が……」

白布の上に梅の花が刺繍されていた。紅梅だ。愛らしくはあるけれど、花の形は不揃《ふぞろ》いで色も単調だ。

「これ、おれが初めて刺した模様なんで」

「平さんが？　じゃあずい分と昔のものね」

「そうだなあ。ずい分昔になっちまったなあ。親方の見様見真似《みようみまね》で兄弟子たちが寝静まった後に刺してみたんだが、眠いのと下手《へた》なのとでしょっちゅう針が滑っちまって、布じゃなくて指先を刺す方が多かったぐれえだった。辛えのは辛かったが、いつか親方みてえな縫箔ができるようになりてえ、いつか追いつきたいって一心で……」

ふふっ、平助の口から短い笑声が零《こぼ》れた。

「やっぱり、無理だったな」

「平さん」

「どう足掻いたって敵わねえ。そうわかっちまうってのは、辛えもんだな」

平助の武骨な指が紅梅を握り潰《つぶ》した。

「どう足掻いたって親方みてえにはなれねえ。必死で頑張っても、頑張っても、親方みてえな縫箔はできねえんだ」

ちきしょう。

呻《うめ》きを残し、平助がしゃがみ込む。

ここにいてはいけないと感じた。平助は一人でいたいのだと悟った。おちえは枯草を踏みしめて、井戸端から離れた。


どう足掻いても敵わない。そうわかってしまうのは辛い。

その辛さを、今、源之亟も味わっているのだろうか。

「つえーいっ」

おちえの物思いを砕くように気合が響く。

沢原が跳んだ。

竹刀が風を切り、唸《うな》る。

一居はその一撃を受け止めたけれど、源之亟のときほどの柔らかさはない。

辛うじて凌《しの》いだのか。

おちえはこぶしをさらに強く握った。爪の先が手のひらに食い込む。

あの柔らかさ、あのしなやかさがあればこそ、一居の剣は強い。守りから攻めへ一瞬で転じられる。そこを封じられれば、ただ守勢のまま凌ぐしかない。

決して大兵《だいひょう》とはいえぬ一居が、どこまで耐えられるか。

吉澤さま。

握り締めていたはずの手が、胸の前で合わさっている。

神さま、仏さま、お祖父《じい》ちゃん、お祖母《ばあ》ちゃん、お願い。吉澤さまに力を貸してあげて。顔も知らない祖父や祖母まで引っ張り出して、祈る。

一居が沢原に打ち負かされるところなど見たくない。

神さま、仏さま、お祖父ちゃん、お祖母ちゃん……。

「とえぃっ」

一居が沢原の竹刀を弾《はじ》き返した。そのまま、切っ先が反転し沢原の脾腹《ひばら》を狙う。

速い。

今の剣の動きを眼で追えた者は、そう多くはいまい。

しかし、沢原は避けた。鍔《つば》近くで受け、弾き、そのまますると退く。間合いを取って、二人の剣士はまた向かい合った。そして、そのまま動かなくなる。

おちえも動かない。瞬きさえ忘れていた。要も固まっている。

とん。素足が床を蹴った。

一居が仕掛ける。

「とうっ」

打って、打って、打って前に出る。

「くくっ」

沢原の額に汗が噴き出る。一居も自らの汗に濡《ぬ》れていた。少年剣士たちが慌てて、場所を空ける。そこに沢原が下がり、一居が追ってくる。

沢原の背が壁に当たった。

「危ないっ」

叫んでいた。沢原の剣には粘りがある。追い詰められる寸前で、一瞬の隙を見逃さない粘りだ。さらに言えば、相手に打たせるだけ打たせ、隙を作らせる粘りだ。

己の巣穴に巧みに獲物を誘い込む土蜘蛛《つちぐも》のようではないか。

吉澤さま、油断しないで。

おちえの胸内の声が聞こえるはずもないのに、一居がすばやく足を引いた。その瞬間、沢原が前に出た。一居が沈み込み、竹刀を跳ね上げる。沢原は沈んだ肩口に向けて打ち下ろす。

肉を打つ鈍い音がこだました。

一居が横倒しになる。沢原はその横で膝《ひざ》をつき、身体を丸めていた。二人のあえぐ息音だけが響いている。

「そこまで」

道場主榊一右衛門が腰を上げた。

「この勝負、引き分けだ」

師の一声に、門弟たちは一様に大きく息を吐き出していた。

「二人とも見事であった。沢原」

「はっ」

沢原が上半身を起こし、正座の姿勢になる。汗が幾筋も頬《ほお》の上を流れ、息が荒い。そのため、ろくに物が言えないようだった。

「久々に心行くまで勝負ができたな」

「はっ」

息を弾ませながら、沢原は笑う。唇が持ち上がっただけだが、確かに笑顔だった。陰湿さなど微塵《みじん》もない。会心の笑みだ。

「吉澤どのも、これで満足されたかな」

「はい」

一居も息を乱したまま跪《ひざまず》き、礼をする。

「榊先生のご配慮……まことに……ありがたく……」

「礼など言わずともけっこう。師範代にとってもこれ以上ない稽古をさせていただいた。のう、沢原」

「御意《ぎょい》」

「裏に井戸がある。その水で冷やしておくがいい。二人とも当分は疼《うず》くぞ。覚悟しておれよ」

天井を仰ぎ、一右衛門はからからと哄笑《こうしょう》した。


どう足掻いたって敵わねえ。そうわかっちまうってのは、辛えもんだな。

平助の一言が頭の中で鳴っている。

昨日の平助を真似、呟いてみる。

「ちきしょう」

ちきしょう。ちきしょう。ちきしょう。

鉄火な女になったようだ。いや、威勢は少しも上がらない。むしろ、心は萎《な》えて、ずぶずぶと暗みに沈み込みそうになる。

源之亟の心内を案じるどころではない。どう足掻いたって敵わねえと唇を噛《か》むのは、おちえ自身だった。

何よ、沢原さまも吉澤さまも、大嫌い。

今日の試合は何なのだ。

あの立ち合い、あの動き、あの緊迫、あの迫力は何なのだ。

どれも、おちえの知らないものだった。

あれが師範代の本当の力なんだ。

思い知った。

おちえとの稽古では決して見せなかった沢原の力だった。

なのに、あたしったら互角の腕だなんて自惚《うぬぼ》れて……。

顔が火照《ほて》った。頰が紅《あか》く染まっているに違いない。

沢原は本気ではなかった。おちえでは本気になれなかった。なのに、要にしたり顔で「伊上さまが本気にさせてくれなかったのです」と告げたりしてしまった。

愚かなのにも程がある。

恥ずかしくて、恥ずかしくて、まともに要の顔が見られなかった。ほとんど逃げるように、道場を出てきた。当分、足を向けられない気がする。

カウッ、カウッ。

夕焼けに染まり始めた空を烏《からす》が過ぎていく。いつもは素通りしていくその声がやけに耳に絡んでくる。

烏にまで嗤《わら》われてるんだ。

僻《ひが》みとはわかっているけれど、烏が小憎たらしい。

でも、敵わない。

今日の勝負を目の当たりにすれば、自分が二人の相手にならないのは明白だ。他の誰に勝てても、あの二人には勝てない。

悔しい。情けない。でも、どうする術《すべ》もない。どれほど励んでも越えられる壁ではないのだ。ため息が零れる。

何度も何度も零れる。

おちえはやっと、井戸端にしゃがみ込んだ平助の気持ちに触れた。

どう足掻いても敵わない相手がいる。その辛さに、痛みに、息が痞《つか》える。おちえもその場にしゃがみ込みたかった。

平助は間もなく、丸仙を去るだろう。仙助という壁が登れないなら、踵《きびす》を返して他の道を行くしかない。

あたしは……。

今まで何度も勝負の場は見てきた。竹刀でありながら気迫は真剣な勝負だった。でも、今日のあれは、一居と沢原の勝負は違った。今までおちえの目にしたものとは、まるで程度が違う。一等の剣士がぶつかれば、ああいう勝負になるのだ。

駄目だ。とうてい太刀打ちできない。あの二人からすれば、おちえの剣など児戯《じぎ》よりややましなぐらいだ。なんだか惨めになる。泣きたい。こんな気持ちに泣くぐらいなら、剣を辞めて……。どうしようか。道場通いを辞めてしまおうか。こんなにも惑ったままでは竹刀は握れない。

立ち止まる。自分に問うてみる。

辞めてどうするつもり？

「そりゃあ、婿を迎えるのさ。所帯を持つんだよ、おちえ」

母の嬉《うれ》しげな声が耳の奥で鳴っている。

「丸仙の後を継げる婿を迎えて、子どもを産んで、早くあたしをお祖母《ばば》にしておくれよ」

「うーん」

唸っていた。すれ違った子どもが振り向き、まじまじと見詰めてくる。奇妙な生き物を眺めるような眼つきだ。

慌てて歩き出す。頭上でまた鳥が鳴いた。

誰かと所帯を持って、子どもを産む。

自分の前には、その道しかないのだろうか。他の道は……ない。

背筋がすうっと冷たくなる。

もうそろそろ覚悟を決めなくちゃいけないのかも。

おちえの内で誰かが言う。母ではない。おそらく、おちえ自身のものだろう。

わかっていたのだ。いつか終わりがくることは、わかっていた。そこから目を逸らしていただけだ。

家に帰りたくない。

おちえは道を外れ、神社の石段を上った。子どものころ、遊んだ場所だ。ここで、男の子たちは相撲に興じ、女の子たちは色付いた紅葉《もみじ》や銀杏《いちょう》の葉を拾って遊んだ。かくれんぼもした。籠目籠目《かごめかごめ》もした。あのころ一緒に日々を過ごした仲間たちはどこに行ってしまっただろう。

男の子はとうに奉公に出された。女の子もだ。嫁に行って、既に母親になった者も、遊女に売られた者もいる。亡くなった者もいた。みんな、もう子どもではない。

あたしも、いつまでも娘ではいられないんだ。

父と母に守られて道場通いを続けられる。そんなのうのうとした刻《とき》は、終わろうとしている。

涙が突き上げてきた。

本気で泣きたくなった。それを堪《こら》えると、喉の奥が微《かす》かに痙攣《けいれん》する。喉元を押さえながら、おちえは石段を上り切った。

境内は暗く、寒く、子どもどころか人の姿はどこにもない。うっそうと茂った木々の枝が風に揺れているだけだ。枝の間から、夕焼けの空が覗いている。

馬鹿みたいだ。

涙を指先で拭いて、おちえは竹刀の袋を握った。

こんなことで泣くなんて馬鹿みたいだ。

竹刀を握っていると少し力が湧《わ》いてきた。そっと胸に抱いてみる。

好きだなと、思う。

竹刀が好きだ。竹刀とともに流す汗が、打ち合った手応えが、風を切る音が好きだ。どんなに足掻いても敵わない者がいたとしても、竹刀が好きなことは変わらない。捨てたくなかった。

吉澤さまは、どうなんだろう。

少し落ち着いた心が一居に向いていく。

剣を捨てても惜しくはないとおっしゃった。あんなに強いのに、剣の道で生きていこうとは考えていないのか。剣ではなく針を本気で選ぼうとしているのか。そして、なぜ、今日、榊道場であんな勝負に臨んだのか。

なぜ、なぜ、なぜ。

一居は謎だ。おちえには見当もつかない謎を纏《まと》っている。

思案しても詮無《せんな》いことを思案している。

やっぱり馬鹿みたい。

帰らなくっちゃ。あまり遅くなると、おっかさんが心配する。それでなくとも、お信ちゃんのことがあってからふさぎ込むことが多くなったのに。

がさっ。

音がした。

振り返る。誰もいない。木々の枝が揺れているだけだ。枯葉が一枚、くるくる舞いながら草むらに消えた。

誰もいない。しかし、気配はする。獣に似た気配だ。迂闊《うかつ》にも気がつかなかった。

「誰」

気配を探りながら、竹刀の袋を取る。

「出てきなさい。隠れているのはわかってるのよ」

がさっ、がさっ。草むらが揺れて、黒い影が立ち上がった。

男だ。顔を黒い布で覆っていた。

「静かにしな」

布を通して、くぐもった声がする。

「静かにするんだ。でねえと……」

男の手には匕首《あいくち》が握られていた。刃が鈍く光っている。

まさか、あの……。

おちえは唾を飲み込んだ。

お信を殺した下手人か。娘だけを狙い、喉を掻き斬る鬼か。

「静かにするんだ。静かにするんだ」

呪文《じゅもん》のように唱えながら、影が近寄ってくる。おちえは竹刀を構えた。ひらり、ひらり。紅葉の葉が風に散っていく。身体の芯に染み込む冷たい風だった。

影がおちえめがけて、飛びかかってきた。

七　菊《きく》流《りゅう》水《すい》模《も》様《よう》

その男がおちえを訪ねてきたのは、冬本番の風が吹き過ぎる午後、昼八つ（午後二時）のころだった。

おちえとお滝は、台所で蒸し饅頭《まんじゅう》を作っていた。職人たちのおやつだ。丸仙では、昼と夕の飯の他に八つどきに、甘い菓子を賄う。

細かな作業に根を詰める職人たちは、餡《あん》や黒蜜《くろみつ》やらの甘味を好む。

おちえは針の方はさっぱりだが、台所仕事はそれなりにこなせた。

「当たり前だよ。襷《たすき》の一本もろくに縫えないうえに、台所までぶきっちょときたら、どうしようもないじゃないか。取り柄がないのもいいとこだよ」

お滝がぴしりと言う。

蒸籠《せいろ》から饅頭を取り出しながら、おちえはそれこそ饅頭のように頬を膨らませた。

「もう、おっかさんたら。娘に向かって取り柄がないなんて言い過ぎでしょ。失礼しちゃう」

「おーや、そうかい。じゃお伺いしますけどね、丸仙のおちえさんの取り柄ってのは何でしょうかねえ」

「それは……」

「言っとくけど、多少、顔の雑作がいいなんてのは取り柄に入らないよ。綺麗だ、別嬪《べっぴん》だなんて持て囃《はや》されるのは、若いうちだけさ。それと、剣術の腕なんてのも論外だからね」

大皿の上に饅頭を並べ、おちえは横目で母を見やった。

「そうかなあ。けっこうな取り柄だと思うけど。だって、この前だって、あたしに剣の心得があったから何とかなったわけだし」

「この、馬鹿」

布巾《ふきん》が飛んできて、おちえの肩に当たった。

道場で男たちの打ち込みを自在に避けているのに、母の布巾からは逃れられなかった。

おっかさん、すごい腕前だわ。

床に落ちた布巾を拾いあげながら、込み上げてきた笑いを飲み下す。お滝の眉《まゆ》が吊《つ》り上がっている。本気で腹を立てているのだ。こういうとき、笑ったりしたらどうなるか。布巾が飛んでくるだけでは、とても済まない。

「何寝言を言ってんだよ。なまじ剣なんか齧《かじ》るから、気が緩んで、あんな剣呑《けんのん》な場所にのこのこ近づいちまうんじゃないか。前々から言ってただろ。言ってたよね。日が傾いたら神社の境内に足を踏み入れちゃいけないって。口が酸っぱくなるほど言い聞かせてたはずだよ。え？

どうなんだよ、おちえ」

「そりゃあ……まあ……」

神社に遊びに行くなとは、言われた。おちえがまだ肩上げをしていたころのことだ。

今それを持ち出す？

「無事だったから良かったようなものの、一歩、間違えればどうなっていたか。あんた、お信ちゃんのこと……忘れたわけじゃないだろ」

「だから剣を習ってたから一歩、間違えずに済んだわけで……」

おちえは口をつぐむ。お滝が前掛けの端で眼元を拭いたからだ。

「やだ、おっかさん、泣かないでよ」

「誰が泣かしたんだよ。ほんとにもう、あんたが男に襲われたって聞いたとき、寿命がどれだけ縮まったか。親不孝もたいがいにしておくれ。あんたが、お信ちゃんみたいな無残な目に遭ったらって……。ほんとにもう、逃げるならともかく、やり合うなんて……信じられないよ。万が一のことがあったらどうするつもりで……。ほんとに。ほんとに……」

話の先があらぬ方向に向いてしまった。二日前、神社の境内でおちえが襲われてから、お滝はずっとこの調子だ。

蒸し饅頭を作っていても、床を磨いていても、洗濯をしていても、お茶を飲んでいても、おちえの無謀と軽率を責めて泣く。

万が一なんて、絶対なかったよ、おっかさん。

おちえは胸の内で言い返す。

胸の内でだけだ。


二日前、匕首を手にした男と向かい合ったとき、おちえの心内は既に凪《な》いでいた。驚きも怯えもない。気味悪いとさえ感じなかった。

「静かにするんだ。静かにするんだ」

男は呟き、匕首を目の前にかざした。おちえは顔を歪めた。九寸五分の短刀に怖《お》じけたわけではない。異臭を嗅《か》いだのだ。男からは、酒と汗の混ざった体臭が漂ってきた。小袖の襟も垢じみている。風が吹きつけてきて、臭いが強くなる。

おちえは思わず、顔を逸らし、足を引いた。

その仕草を逃げ出すとでも取ったのか、男が飛びかかってくる。おちえは身をかわしながら、袋ごと竹刀を握った。素早い動きに、男はついてこれなかった。たたらを踏み、前によろめく。

「いえーっ」

気合を発しながら、男の首筋に一撃をお見舞いした。

匕首が転がる。男も転がる。

それで、お終《しま》いだった。

男は白目を剝《む》いて気を失っている。うつ伏せに倒れたまま、ぴくりとも動かない。その背中に枯葉が一枚、ひらりと落ちてきた。

おちえは事の次第を自身番に届け、気を失ったままの男は、あっさりと捕縛された。


おちえは、だから、お滝に責められるほど剣呑な真似をした覚えはないのだ。この程度の男なら束になってかかってきても大丈夫……とまで自惚れてはいないが、一対一ならどうにでもあしらえる。しかし、そこを幾ら説いても、母は納得しないだろう。気が強くて、さばさばした気性のお滝がこと娘に関しては小心で、臆病になる。

それだけ大切に想《おも》ってくれている。

母の情愛は痛いほど感じているから、文句は言えない。

「ごめんね、おっかさん。もう二度と、あんな真似しないからかんにんして」

と、殊勝に謝ることにしている。今日もそうだ。湯呑みを人数分揃えながら、「ごめんね」と詫びた。

「もう、絶対に危ない真似はしない。どこに行ってても、日の暮れる前には帰ってくるから」

まるで子どもの口上だとおかしくはあったが、それでお滝の機嫌はそこそこ直るのだ。

「ほんとに、そうしておくれよ。これ以上心配かけたら承知しないからね。わかってるね、おちえ」

「うんうん、わかってる。よーくわかってます」

「ふん、口だけじゃ駄目だよ。あんたは調子のいいとこがあるから、心配だよ。けどまあ……これで一安心、枕を高くして寝られるかもしれないねえ」

お滝が胸の辺りを撫でる。

「一安心って、どうして？」

「だって、捕まったやつってのが例の……娘殺しの下手人かもしれないいんだろう。いや、きっとそうだよ。だとしたら、もう安心じゃないか。これ以上、娘が殺されることはないよ」

そうだろうかと、おちえは首を傾《かし》げる。

あの男は酔っ払っていた。酔った勢いで女を手籠《てご》めにしようとした。罪は罪であるけれど、血腥《ちなまぐさ》くはなかった。匕首は妙にぎらついていたが、男自身からは殺気は伝わってこなかったのだ。だから気配に気づくのが遅れたのかもしれない。

違うと思う。

あの男は娘殺しの下手人ではない。

でも、それを母に告げる気にはなれなかった。

「どうしたんだい。急に黙りこくっちまって」

お滝が覗《のぞ》き込んでくる。おちえは慌ててかぶりを振った。

「何でもない。あ、それよりおっかさん、そっちの蒸籠、蒸し過ぎじゃないの。すごい湯気が出てるよ」

「え？　あっ、いけない」

お滝が蒸籠を竈《かまど》から下ろす。白い湯気がもわりと膨らんだ。

うん？

気配？　人の気配がする。

おちえが振り向いたのと、水口《みなくち》の戸が開いたのはほぼ同時だった。湯気の向こうに、ぼやけた影が立っている。

「誰！」

とっさに鋭く誰何《すいか》していた。お滝を庇《かば》うために前に立つ。

ぎりぎりまで、気配を捉えられなかった。お滝としゃべってはいたが、ぼんやりしていたわけではない。

誰よ、いったい……。

「まあ、親分さん」

お滝がいつもより幾分、高い声を出す。おちえを押しのけ、そそくさと前に出る。

「まあまあ、こんな裏口からどうなさったんです」

他所《よそ》行《ゆ》きの声音と愛想笑いで、お滝は男に近づいていった。男も笑みを浮かべている。

「いやぁ、親方はお仕事中でやしょ。あっしみてえな者が顔を出したら、邪魔になるかと思いやしてね」

「まあ、邪魔だなんて。そんなことあるわけないでしょう。ささっ、どうぞどうぞお入りください。丁度良かった。今、職人たちのおやつを作ってたんですよ。蒸し饅頭。あたしたちの手作りですから、たいしたもんじゃありませんけど、親分さんもご一緒にどうぞ」

お滝の舌はいつにも増して滑らかだ。口調には、相手におもねる響きが含まれていた。

「蒸し饅頭か。そいつはいいねえ。けど、お内儀《かみ》さん、気遣いは無用でやすよ。用事を済ませたら、あっしはすぐに失礼しやすんで」

「用事って……。この前の……」

お滝は愛想笑いを消し、真顔で男を見詰めた。落ち着かない風に、足をもぞもぞと動かす。

「へえ。ですから、今日は仙助さんやお内儀さんじゃなく」

男がおちえに視線を向ける。

おちえは軽く頭を下げた。

緊張している。

この男には対する者の心を引き締める何かがあった。

名を仙五朗《せんごろう》という。

相生町《あいおいちょう》の髪結い床、『ゆな床』の主《あるじ》だ。しかし、仙五朗が他人の髷《まげ》を結っているところを目にした者は、そういない。むしろ、〝剃刀《かみそり》の仙〟の通り名を背負い、本所深川界隈《ほんじょふかがわかいわい》を見廻《みまわ》っている姿の方が馴染《なじ》みだろう。

仙五朗は名うての岡《おか》っ引《ぴき》だった。仙五朗に目を付けられた犯科人《ぼんかにん》で逃げ果せた者は誰一人いないとうわさされている。誰一人いないとは、さすがに尾鰭《おひれ》が付き過ぎだろうと、おちえは思う。けれど、仙五朗がすご腕であることは確かだ。ごろつきや徒者《いたずらもの》からは蛇蝎《だかつ》の如《ごと》く嫌われ、怖《おそ》れられていた。反面、他の岡っ引のように、強請《ゆす》り集《たか》りの類《たぐい》は一切しなかったし、仙五朗自身がその手の曲事を酷《ひど》く忌み、厭《いと》うていることは広く知られている。

これも、うわさ話の一つだが——。

年端もいかぬ少女に悪さをしようとして捕えられたさる大店《おおだな》の息子がいた。見逃してくれと大枚の袖の下を差し出した両親を、仙五朗は撥《は》ねつけ、父親の頬を張った。その後、

「言いたかねえが、あんたたちの性根の悪さが、こいつの根性を曲げちまったって考えたこたあねえのかい。いいかい。ここで自分の罪と向き合って本気で改心しなきゃ、こいつは、堅気の埒内《らちない》から転げ落ちちまうぜ。それでいいのか」

と諭した。母親は床に泣き伏し父親は深く頭《こうべ》を垂れた。結局、息子は余罪も含め、三月に及ぶ入牢《じゅろう》と百叩《ひゃくたた》きの刑を申し渡された。余程懲りたのか、娑婆《しゃば》に出てからは一切の悪さを止《や》め、ひたすら商売に励んだ……とか。

これも人の口から口に渡るうちに、かなり芝居じみてきた話なのだろう。いかにも、でき過ぎた筋書きだ。が、仙五朗の為人《ひととなり》の一端を伝えているのは確かだった。むろん、犯科人やそれ

に準ずる悪党たちとやり合ってきた男だ。真っ直ぐで清く正しい性質《たち》だとは、とうてい言えまい。ときには凶暴に、ときには狡猾《こうかつ》に立ちまわれなくては、江戸の岡っ引は務まらない。

ただ、仙五朗は地道に、まっとうに生きている者たちに、殊更近づこうとはしなかった。丸仙にもめったに顔を出すことはない。

いつだったか、もうずっと昔になる。コソ泥が丸仙に忍び込んで、職人たちの給金用に仕舞い込んでいた金子《きんす》をごっそり持って行ったことがある。そのとき、コソ泥を捕え、金を取り戻してくれたのが仙五朗だった。

その事件の折だったのか、他のときだったのか定かではないが、仙助の刺した打ち掛けに目を細め、仙五朗が、

「同じ仙が名ぁに付いてても、親方とあっしじゃ雲泥の差だ。親方は、本当に仙人の指を持っていなさる」

と呟いたのを、おちえは覚えている。

それは、高位の武士の妻女が晴れ着として用いるもので、群れて咲く菊花と流水が描かれ、仙助は何十本にも及ぶ菊の花一つ一つにあしらいを入れていた。

菊流水模様《きくりゅうすい》は、謡曲『菊慈童《きくじどう》』の印象から、不老不死や長寿延命を祈る意匠として人気があったのだ。

「いやあ、今は染めが主役ですから、縫箔なんて仕事はだんだんすたれちまうのかもしれませ

んよ。まあ、これも世の習い、流行りすたりは如何《いかん》ともし難いってもんでしょうな」

笑いながら答える仙助に向かって、仙五朗は真顔でかぶりを振った。それから、つっと膝を前に出した。

「親方、心にもねえ戯言《ざれごと》を言っちゃいけやせんよ。確かに、この友禅は見事だ。けど、親方の縫い取りがあってこその見事さでやしょ。素人のあっしにだって、それくれえはわかりやすぜ。親方が口ほどまいってないのも、多少の流行りすたりはあっても、縫箔の仕事が消えるわけがないと信じてるのも、わかりやすね」

「いや、これは……。親分さんに仙人の指なんて褒められて、つい照れ隠しを口にしてしまったが……はは、さすがに〝剃刀の仙〟。ごまかしは一切、通用しないわけだ」

「そうでやす。あっしの眼はごまかされませんよ。誰にもね」

「おや、お内儀さんはどうです」

「……嬶《かかあ》でやすか。うーん、そりゃあ、なかなかの難敵でやすね。親方のところだって同じでござんしょ」

「うちですか？　うちなんて敵も何も。端《はな》から負け戦《いくさ》ですよ。力の度合いが違い過ぎます」

「なるほど。確かに敵う相手じゃありやせんね」

父と仙五朗が笑い合っているのを傍で聞いていた。難敵だの負け戦だの、話の内容はほとんど解せなかったが、仙五朗が本気で父の仕事を認め、称賛したことだけはしっかりとわかった。

嬉しかった。

あのときの胸の弾みはまだ、おちえの内に刻まれていたらしい。思い出す。忘れていなかった。思い出せば、さっきまでの緊張はゆるゆると解け、仄《ほの》かな温《ぬく》もりが心内に広がっていく。

「親分さん、ご無沙汰《ぶさた》しております」

もう一度、今度は丁寧にお辞儀をする。

「あぁ……。おちえさんか。あんた、見る度に別嬪になっていくじゃないか。巷《ちまた》でも、丸仙の娘は今かぐや姫だと大層な評判だぜ」

「今かぐや姫？　とんでもない」

お滝がわざと渋面を作り、手を左右に振った。

「かぐや姫どころか、桃太郎か金太郎ですよ。やっとうなんかに凝っちまって、月に帰るんじゃなくて鬼退治に出かけちまいますよ、この娘《こ》は」

ははと仙五朗は声を上げて笑った。屈託のない伸びやかな声だ。

「相変わらずだな、お内儀さんは。しかし、やっとうに凝っていたからこそ、あんな手柄をたてられたわけだから、まあ良しとせにゃならんでしょうよ。たいていの娘は、匕首を持った男に出くわしたら、それだけで竦《すく》んじまって身動きできなくなる。それを返り討ちにしちまったってんだから、たいしたもんだ。誰にでもできる芸当じゃありやせんよ」

おちえは一歩、前に出た。仙五朗の眼を見据える。

「親分さん、あの男……下手人だったんですか」

「下手人ってのは、例の娘殺しのってこってすかい」

「ええ……」

「おちえさんは、どう思います」

問い返され、束の間、黙り込む。

「あたしは……違うと思ってます」

「ほう、それはまた、どうして」

「殺気がなまくらでしたから」

一瞬だが、仙五朗が眼を細めた。そこに光が閃《ひらめ》く。

「あの男には人を殺せるような鋭い殺気なんてありませんでした。あたし……あたし、人殺しの気持ちも考えてることもわかりません」

「当たり前だよ。わかられてたまるもんか」

お滝がぼそりと口を挟んできた。おちえは聞こえない振りをして、先を続ける。

「でも、人を殺すには殺すだけの気力が要る。気力ってのは違うかもしれませんけど、でも……何ていうか、そういうものがあの男からは感じられませんでした」

「なるほど。さすが〝榊道場の白竜〟。言うことが並じゃねえ」

仙五朗は口を窄《すぼ》め、短い息を吐き出した。お滝が、身を乗り出してくる。

「は？　〝榊道場の白竜〟？　何のことです。おちえ、あんたまさか、そんな勇ましい呼ばれ方をしてるんじゃないだろうね」

「もう、おっかさん、うるさい。少し黙ってて。今、肝心な話をしてるんだから」

「何が肝心だよ。殺気だの人を殺すだけの気力だの、そんな物騒な話、娘がするもんじゃないだろう」

「娘でも年増でもお婆《ばあ》ちゃんでも、しゃべんなきゃいけないときはしゃべります。舌はそのためについてんだから。おっかさんだって、近所のおばさんたちと四六時中、しゃべってんじゃない」

「まっ、おちえ、親に向かってその言い草は何だよ。それこそ、舌を引っこ抜いちまうよ」

「やだ、おっかさんの方がよっぽど物騒だ」

「まあ、この娘だけはああ言えばこう言って」

「まままままっ。まっ、お内儀さん、そこまでにしといてくだせえ。おちえさんの言う通りだ。こりゃあ、娘の道より大切な話かもしれやせん。いや、おちえさん、てえした眼力だ。そうでやす。あの男は下手人じゃありやせんでした」

「やっぱり……」

「へえ。札付きの悪党ってわけでもありやせん。作助《さくすけ》って、数珠師《じゅずし》なんで。いや、元数珠師ってとこでやしょうかねえ。ここ八名川町の太郎店《たろうだな》に住んでやした。無口で無愛想ではあったけれど、働き者で真面目《まじめ》な男だったそうで。それが二月前に女房を病で亡くしちまって、それから、すっかり人が変わったんだと、太郎店の者たちが言ってやした。長屋でも評判の仲の良い夫婦で、どこに行くのも連れだっていたそうでやす」

「まあ……」

「女房は風邪《かぜ》をこじらせて、三日ほど寝込んだだけで逝っちまったとか。作助はそれから浴びるように酒を飲むようになり、仕事も休みがちになり……最初は憐《あわ》れんでいた長屋の面々も、昼間から酒びたりになって、ふらふらしている作助を持て余すようになっていたってとこらしいでやす。おちえさんを襲ったのは、悪さをしようとかじゃなくて、一緒に死んでもらいたかったのだと言ってました。目の辺りが死んだ女房に似ていたとか」

「じゃあ、無理心中を……」

お滝がぶるりと身を震わせた。

「へえ。生きていくのは辛《つら》い。死にたい。けれど一人では死ねないから、行きずりの娘を道連れに……だなんて、ふざけた野郎でやすよ。けど、まあ、哀れな男でもある。今はすっかり酒が抜けて、しょげかえってやす」

「どうなるんですか。その作助さんて人、まさか死罪なんて……」

「いや、それはねえでしょ。作助は誰も殺しちゃいませんし、これといって他に罪を犯したわけでもねえ。太郎店の大家と前に働いていた数珠屋の親方が引き受け人になると申し出てきやした。この二人がしっかり支えてくれるなら、作助も根っからの悪《わる》じゃねえ、人の情けを知って生まれ変われるんじゃねえかって、あっしは見込んでやす。ただ、おちえさんの気持ちが納まらないってことなら」

「納まります」

　お滝が顔を歪めるほどの大声が出た。

「十分、納まりました。もう、いいです」

「そうでやすか。それを聞いて安堵《あんど》しやした。実のところ、今日は、おちえさんの気持ちを確かめに寄らせてもらったわけで、おちえさんにどうしても許せないと言われたら、どうしようかと思案してたんでやすよ。作助のやつにも重々言い聞かせやす。お江戸の町中で刃物を振り回して娘を脅したんだ。本来なら、叩きのうえ所払《ところばら》いになるところを周りの情けで救われたんだと」

「ええ、是非に。支えてくれる人がいるんだから、一日も早く心を改めてくださいって、それが亡くなったお内儀さんへの何よりのご供養でしょって伝えてくださいな」

「必ず伝えやす。おちえさん、ありがとうごぜえやす」

　仙五朗が深々と頭を下げる。

　まさか、剃刀の仙にここまで低頭されるとは思ってもいなかった。おちえは、いたたまれないような気分になる。お滝もそうだったらしく、急にきびきびと動き始めた。

「親分さん、止めてくださいよ。いいんですよ、おちえに礼なんか言わなくても。それより、さっ、蒸し饅頭とお茶でご一服、どうぞどうぞ。おちえ、親分さんにお茶をお出ししな。あたしは、みんなのところに、饅頭を持って行くから」

「はい」

言われた通り、おちえは饅頭を出し、やや渋みの勝った茶を淹《い》れた。上がり框に腰かけた仙五朗の横に立つ。

「じゃあ、遠慮なく御相伴《おしょうばん》にあずかりやす。うん、これは美味《うま》い」

「親分さん」

「何です」

「娘殺しの下手人、まだ捕まってないんですよね」

仙五朗の手が止まる。

「……へえ、情けねえ話ですが、まだ尻尾《しっぽ》も摑《つか》んじゃいやせん。何しろ、手掛かりになるものがほとんどねえんで。下手人らしき男、いや女かもしれねえが、その姿を見た者がいねえ。今のところ、正体は藪《やぶ》の中でやす。けど、近いうちに必ず……必ず藪から引きずり出してやりやすよ」

仙五朗が低く唸《うな》った。

「手掛かり、一つもないんですか」

「へえ。やけに用心深いやつで、足跡一つ、残しちゃいやせん」

「あの……違うってことはありませんか」

「違う？」

「五年前の娘殺しと、お信ちゃんを殺した下手人が同じとは限らないでしょ。まったくの別人かもしれない」

ことっ。仙五朗が湯呑みを置いた。

「同じ下手人でやすよ」

「言い切れるんですか」

「へい」

「どうして？」

「傷口が同じでやした」

仙五朗がおちえを見上げる。顎《あご》を上げ、首の中ほどに指を当てる。

「五年前も今度も、娘たちはここを真っ直ぐに斬られていやした。おちえさん、刃物の切り口ってのは存外、人の癖が出るもんです。右利きか左利きか、斜めに切り上げているか、下げているか、真っ直ぐかぎざぎざになっているか……ええ、それぞれに違うもんなんでやすよ。けど、同じでした。今回と五年前と、傷がそっくりだったんで。十中八九、同じ下手人の仕業でやす」

ぞくり。

背筋が震える。悪寒が全身を包む。

「それでは、また誰かが殺されることに……」

「止めなくちゃ、ならねえ。これ以上、好き勝手に殺しを続けさせるわけには、いかねえ」

仙五朗が低く呟いた。いや、呻いた。その横顔を見下ろしていると、胸に痞《つか》えていた言葉がほろりと零れてしまった。

「親分さん。あの……笑わないで聞いてくれます？」

仙五朗の横に座り、おちえは唾を飲み込んだ。仙五朗が促すように、一度、うなずいた。

「あの、匕首のことなんですけど」

「匕首？　作助のでやすか」

「はい。作助って人の殺気はなまくらでした。でも、あの短刀はそうじゃなかった。とてもぎらついていて、でも、暗くて……禍々《まがまが》しいって言うのかしら。あの刀なら人を殺せるかもって感じました。男は怖くなかったけれど、刀はちょっと怖かったです」

「匕首……。そう言えば、作助はあの匕首をどこで手に入れたんだ。それまでずっと堅気できた男が、包丁や鑿《のみ》じゃなく匕首で娘を脅そうとした。どこで……」

「逆ってこと、ないでしょうか。あの、つまり、作助って人は誰かを殺すために匕首を手にしたんじゃなくて、たまたま匕首を手に入れて、それでつい、その気になってしまった。心中相手を見つけて殺し、自分も死のうという気になっちゃったんです」

「いや、それは些《いささ》か穿《うが》ち過ぎでやしょう。幾ら何でも……しかし、匕首か……」

不意に仙五朗が立ち上がる。

「おちえさん、あっしはもしかしたら、大事なことを見逃していたかもしれねえ。匕首の件、調べてみやす」

おちえが答える前に仙五朗は身を翻し戸口から飛び出して行った。

「あ、親分さん、待ってください。お饅頭がまだ残ってます」

おちえが後を追いかけて裏庭に出たとき、路地から、仙五朗の詫び声が聞こえた。

「おっと、すまねえ。勘弁してくんな若《わけ》ぇの」

若い？

路地に人がいたの。

背伸びしてみる。

仙五朗はもうどこにもいなかった。驚くほど足が速い。仙五朗の代わりに、黒い人影が一つ立っていた。日中でも薄暗い路地では、どんなものも黒っぽい影になる。

影が木戸を開ける。

小袖に細帯。町人だ。御用聞きだろうか。にしては動作が優美過ぎる。御用聞きでも物売りでもない。では……。

おちえは悲鳴を上げた。

両手で口を覆う。それでも、指の間から声が漏れた。

「吉澤さま」

町人姿の吉澤一居がそこにいた。

おちえに、柔らかな笑みを向けている。

おちえは、込み上げてくる悲鳴を今度は辛うじて、嚙み殺すことができた。その代わり、足が萎えて、その場にしゃがみ込みそうになる。

「おちえさん。親方に逢《あ》わせてもらえませんか。お願いします」

一居が静かに、頭を垂れた。

八　花《はな》折《おり》枝《えだ》模《も》様《よう》

仙助が僅《わず》かに唸《うな》った。

唸ったような気がした。

声が聞こえたわけではない。口元がへの字に歪《ゆが》み、眉間《みけん》に深く皺《しわ》が寄ったのだ。腕を組み、肩をいつもよりやや角張らせている。

うーむ。

絞り出すような唸り声を全身で表しているようだ。

「おちえ、いいかげんにおし」

後ろから耳朶《みみたぶ》を引っ張られた。

「いたっ。痛いじゃないの、おっかさん。何するのよ」

「はっ、何をしてるって？　そりゃあこっちが尋ねたいね。廊下に這《は》いつくばって何をしてることやら。あたしはね、母親として不躾《ぶしつけ》な娘を懲らしめてんだよ。まったく、覗《のぞ》き見だの盗み聞きだのなんて、はしたないったらありゃしない。恥ずかしくないのかい」

「盗み聞きなんてしてないわよ。堂々と聞いてるの。座敷に座るのは憚《はばか》られるから、廊下にいるんじゃない」

廊下側の障子戸は、半分近く開けられていた。それくらい、今日は暖かな良い天気だったのだ。冬が本格的に始まる前に、神さまが気紛れに授けてくれたような日だ。火鉢も埋《うず》み火のまま熾《おこ》す要はなかった。しかし、それももう終わりだ。日は既に傾き、温もりも輝きも失《う》せようとしている。庭の隅に溜《た》まり始めた薄闇から、冷え冷えとした風が吹きつけてくる。

「何、屁理屈《へりくつ》言ってんだい。まったく口ばっかり達者になって、どうすんだよ。おふざけも大概にしときなよ。ほら、寒いから障子を閉めな。おとっつぁんもお客さんも風邪をひいちまうじゃないか」

「お客さま……なの」

しゃがんだまま、母を見上げる。

お滝は、湯呑みと蒸し饅頭の載った盆を持っていた。

「そりゃあそうだろ」

「だって、吉澤さまはおとっつぁんに弟子入りを頼みに来てるのよ。お客さんとは、ちょっと違うんじゃないの」

「また屁理屈を……。お武家さまだよ。それも二千石の旗本の若さま。疎《おろそ》かに扱うわけにはいかないじゃないか。かといって、下にも置かぬもてなしをするのも変だしね。さりげなく、お茶を出すのが場に合ってるってもんさ」

「またまた、そんな調子のいいこと言っちゃって。ほんとは、おっかさんも気になったんでしょ。事の成り行きが気になって気になってしかたない。そこでお茶を運ぶ振りをして、様子見てみようって魂胆なわけだよね」

「おちえ、魂胆だなんて、親をならず者みたいに言うんじゃないよ。あたしは、ちょっとでもおもてなしをしようと、お茶と饅頭を運んできただけなんだからね。おまえみたいに、こそこそ聞き耳を立ててるのとは違います」

「あら、そうなんだ。はい、わかりました」

おちえは立ち上がり、盆に手をかけた。

「そういうことなら、あたしがお茶とお饅頭、持って行く」

「は？　なに言ってんだよ。これは、あたしが出すんだよ」

「何でよ。おっかさん、気になることないんでしょ。だったら、台所でお饅頭でも食べてたらいいじゃない。少しのんびりしててよ」

「馬鹿をお言いでないよ。せっかく、用意して持ってきたのに。おまえなんかに渡すわけないだろ」

「ほら、やっぱり」

「何がやっぱりなんだよ」

「うるせえ！」

仙助の一喝が響く。

おちえとお滝は、同時に身を縮めた。

「女二人して、何をぎゃあぎゃあ騒いでんだ。鬱陶《うっとう》しくっていけねえや。口を閉じて静かにしてろい」

「あら、やだ。おまえさん、ごめんよ」

お滝は愛想笑いを浮かべて、座敷の中に入っていった。

「あたしはお茶を出そうとしただけなんだよ。そしたら、おちえが廊下でこそこそしてるじゃないか。あんまりみっともないんで、説教してたところだったのさ。うるさかったかい。勘弁だよ」

「ちょっ、ちょっと待ってよ。それって、あんまりな言い方じゃない。おっかさん、狡《ずる》い」

お滝が振り返り、鼻の先に皺を寄せた。

「どこが狡いんだよ。そのまんまじゃないか」

「むちゃくちゃ狡いわよ。化け狐《ぎつね》だって、もう少しまともだわ」

おちえは唇を尖らせた。

「はん、人を化け狐呼ばわりするけど、そっちは化けそこなった狸《たぬき》みたいな面になってるよ」

「まっ、狸だなんて失礼ね。おっかさんて、ほんと口が悪いんだから。よく舌が回ること。まったく、嫌になっちゃう」

「へっ、嫌になられて御《おん》の字《じ》さ。これ以上、好かれても甘えられてもいい迷惑。困るだけさね」

　そこで、仙助が長い吐息を漏らした。

「まったく……、どこまでもうるさい女房と娘だぜ」

　そこで、組んでいた手を解き膝《ひざ》の上に載せる。

「吉澤さま、些《いささ》か驚かれたんじゃねえですかい」

　一居の視線がすっと流れ、おちえに注がれる。口元がほんの少しだけ、緩んだ。一居らしい、静かで優しげな笑みだ。

　頬《ほお》から耳の付け根まで熱くなる。きっと紅く染まっているだろう。

　恥ずかしい。

　おちえは俯《うつむ》き、それでも、座敷の隅にそっと腰を下ろした。

　聞くつもりだった。見るつもりだった。摘《つ》まみ出されたら、天井に潜んででも、床下に潜り込んででも聞く。

　気になってならない。

　一居は今まで何度も仙助に弟子入りを乞うていた。その度に、丁重ではあるがきっぱりと拒まれてきた。

当然だと思う。

お武家が、しかも大身の家の男子が、縫箔職人になるなど前代未聞、ありえないことだ。断って当然、断られて当然ではないか。一居の想いを疑うわけではないけれど、きっと、一時の気の迷い、若さゆえの思い込みと笑う日がくる。そして、一居は自分の住むべき場所に帰っていくのだ。

と、考えていた。今までは。

それが揺らぐ。

さっき、町人姿の一居を目にしたとき、雷に打たれた気がした。雷に打たれた覚えは一度もないけれど、全身が痺《しび》れて動けなかった。

吉澤さまは、本気なんだ。

痺れた頭で考えた。

本気でお武家を捨てようとしている。いや、捨ててきたんだ。背水の陣と言うけれど、もう後がないところまで自分を追い込んで、丸仙に来たんだ。

「姉がおりました」

仙助に視線を戻し、一居が答える。低くはあるが、おちえの耳にちゃんと届いてくる。

え？　姉上さま？

思わず一居を見返していた。

花井屋の前で出会ったとき、一居は兄が二人いるとは言ったが、姉のことは一言も口にしなかった。

そんな方がおられたのですか？

おちえの胸中の問いに答えるかのように、一居が首肯する。

「異腹ではございましたが、わたしより十歳、年上の……弟のわたしから見ても美しい女人でした」

「へえ、吉澤さまの姉君なら、そりゃあさぞや別嬪……、臈《ろう》たけたお美しいお方でござんしょうね」

仙助の物言いは丁寧で、硬い。わざと、そんな物言いを仙助はしている。一居を身分ある者として扱うことで、丸仙の親方とは立つ場が違うのだと、暗に示しているつもりなのだ。

「美しいだけでなく、朗らかでもありました。よく笑って、よく冗談を言って……今、おちえさんとお内儀さんのやり取りを聞いていて、姉のことを思い出しました」

「あら、そんな。お武家の娘さんは、狐だの狸だのなんて馬鹿話、なさらないでしょう。いえね、あたしたちもしょっちゅう、こんな風だってわけじゃないんですよ。今日はどうも舌の回りが」

「おっかさん」

お滝の袂《たもと》を引く。

一居は、姉のことを懐かしむように語っている。二度と触れられない者、思い出すことしかできない者のように話している。遠離の地へ嫁していったのか。いや、そうではなく……。

言葉にして問うたわけではないのに、一居はおちえに向かって深くうなずいた。

「ええ、姉は、わたしが九つのとき亡くなりました。母親の代わりのように、わたしを慈しんでくれた人でした。姉が亡くなったことで、吉澤の家はわたしにとって住むべき場所ではなくなったのです」

仙助が煙草盆を引き寄せる。煙管に煙草を詰め、火入れから種火を取り出す。

「吉澤さま、煙草は？」

「嗜《たしな》みません」

「さいですか。うちの女房は、けっこう好きでしてね。一人でよくぷかぷかやってますよ」

「ちょっとおまえさん、煙草なんてどうでもいいだろ。それに、あたしはこのところ吸ってないよ。吸い過ぎると、肌が荒れるし、歯が汚れるって聞いたから、すっぱり止《や》めちまったのさ」

「すっぱりねえ」

仙助は煙を吐き出し、暫く黙り込んだ。それから、やや重い口調で切り出した。

「吉澤さま、一つ、お聞きしやす」

「はい」

「家に居場所がないから、お武家をすっぱり止める気になった。お気持ちは、そんなところなんで？」

「違います」

一居はかぶりを振り、膝の上で指を折った。

「親方、それは違います。わたしは、ずっと縫箔を一生の仕事にしたいと願っていたのです。小さなときから、ずっと……」

「ふむ。お武家さまが縫箔職人になりたいと願うようになった。何となくなんて曖昧《あいまい》なもんじゃなくて、確かなきっかけってもんがあるはず。いってえどんなもんなんでしょうかね。その辺りの話をちょいと伺わせていただきやしょう」

「それは……」

一居が言い淀《よど》む。自分の手元に視線を落とした横顔が、少し苦しげに見えた。おちえは思わず、腰を浮かせていた。

「おとっつぁん、きっかけなんて、わざわざ聞かなくてもいいでしょ」

「おめえは、すっこんでろ」

カンッ。

雁首《がんくび》を火鉢の縁で叩き、仙助はまだ三口ほどしか吸っていない煙草を落とした。

「人には分《ぶん》てものがある。身分、時分、分際、身の程ってもんがな」

「分際と身の程って同じじゃないの」

「……ほんとに小うるせえ娘だな。いちいち、親の挙げ足を取るんじゃねえよ。少しは黙ってろ。それができねえなら、おっぽり出すぞ。ったく、とんでもねえ、じゃじゃ馬娘に育っちまった」

舌打ちの音が響く。

おちえは母と目を見合わせた。仙助の機嫌がすこぶる悪い。悪いと言ってもこの程度で、口汚く罵《ののし》るとか、粗暴な挙に及ぶとかではない。でも普段は威勢はいいが穏やかで、陽気な父が感情を尖らせて、苛立《いらだ》っているのは事実だ。

「いいですか、吉澤さま。人には分てもんがあるんです。武士の子なら武士の分を、職人の子なら職人の分を知って、学んで、その中で生きていきます。おわかりですね」

「はい」

「あんたはその分を壊そうとしているんですぜ。そこのところも、おわかりですかね」

「はい」

「わかってる？　ほんとに？　人の世の分を壊そうというなら、決まり事に逆らおうというなら、それ相応の覚悟が入り用になりやす。その覚悟の基となるのが、想いってやつでござんしょう。うちの弟子たちは、ほとんどが十二、三歳で丸仙に奉公に上がったやつらです。覚悟や想いどころじゃねえ。そんなものは、言わば高嶺《たかね》の花、贅沢品《ぜいたくひん》ですよ。縫箔職人として生きるしか道はねえんで。右も左も、針も糸もわかんねえまま、ここで暮らさなきゃならねえんです。けど、あんたは違う。あんたはここを選んでやってきた。それは、他の弟子たちとはまったく違う意味で、てえへんなこれからを生きるってことになります。後ろ指を指されることもある。嗤《わら》うやつだっているでしょう。今、あんたの持っている全てを捨てることに、むろんなっちまう。あんたにそこまで心を決めさせたのは何なんです？　そこがぐらついてちゃ、生半可な想いじゃ、どうしようもねえ」

「ややこしいねえ」

お滝が一息を吐き出した。

「そこまで、ややこしいことなのかねえ」

「当たり前だ。半端な気持ちで弟子入りなんかされて堪《たま》るかよ。おめえだって、半端な弟子がどれほど苦労の種になるか、迷惑のもとになるか、よぉくわかってんだろうが」

「半端な気持ちじゃ、町人の形《なり》なんかできないだろ。ねえ、吉澤さま、出過ぎた口を利いちまいますがね、お家のみなさまにその形を見せたりなさったんで……」

「はい。この姿で兄に挨拶をして家を出て参りました」

「まあ」と、束の間《つかま》、お滝が絶句する。

「それはまた……思い切ったことを……。お兄上さま、さぞかし驚かれた、というか、怒られたんじゃないですか」

「烈火の如く怒りました。刀を手に、この場で斬《き》り捨てるとまで言われました。本気だったようです。わたしの前に白刃《しらは》を突きつけましたから。殺気が確かに伝わってもきました」

「まあ、殺気だなんて。えらく剣呑《けんのん》でございますね。よく、ご無事だったこと」

お滝が身を震わせる。

抜き身を握りながら、兄は弟に殺意を抱いたのだろうか。抱いたのだろう。でなければ、一居が〝殺気〟の一言を使うわけがない。剣士にとってそれは、戯れに口にできるほど軽いものではないはずだ。おちえは、我知らず身を乗り出していた。

「吉澤さま、まさかお兄さまと斬り合われたなんてこと……ないですよね」

一居が微笑《ほほえ》み、両手を僅かに広げた。

「そんな気は毛頭なかったです。それにこの通り、わたしは丸腰ですから、斬り合うことなどできはしません」

「では、では……お兄さまに殺されてもよいとお考えだったのですか。致し方ないと」

「まさか、積年の望みに向かって踏み出そうかというとき、おめおめ斬られて果てるわけにはいきません。ですから……」

「ですから？」

「お手向かいいたしますとだけは告げました」

おちえは前のめりの姿勢を元に戻した。見えた気がした。

一居の兄がどれほどの遣い手なのか、おちえには推し量れない。ただ、決して弟を上回るものではないとは思う。

「お手向かいいたします」

一居が本気でそう告げれば、抜いた刃《やいば》を鞘《さや》に納めるしかないだろう。おちえなら、そうする。一刀で倒せるのならともかく、それこそ生半可な二撃目、三撃目が通用する相手ではないのだ。

「二度と吉澤家の門は潜《くぐ》るな。一生、顔は見せるな。兄とも呼ぶな。その条件を飲むなら好きにしろと言われました」

「それは、あの、もしかして……」

「絶縁を申し渡されたってわけですね」

躊躇《ためら》うおちえの代わりに、お滝がずばりと言った。

「はい。その通りです。ただ、それはわたしの望んだことでもありました。吉澤の家とも武家であることとも縁を切って、縫箔職人になる。兄からの絶縁はその一歩となる気がしました。だから、胸を高鳴らせこそすれ、悲しいとも淋《さび》しいとも感じはしなかったのです」

一居の言葉に嘘《うそ》はないだろう。強がりでもない。一居は、実の兄からの絶縁に胸を高鳴らせたのだ。

悲しいではないか。淋しいではないか。

父は亡く母と生き別れ、姉とも死別し、実の兄から二度と逢わぬと告げられる。それを悲しくも淋しくもないと嘘でなく言い切る一居が、悲しくて淋しい。

　おちえは泣きそうになった。奥歯を噛んで、涙を堪える。

　仙助が煙管の吸い口で額を掻《か》き、煙ではなく息を吐き出した。

「そうですかい。勘当されちまいましたか。けど……何でそこまで縫箔に拘《こだわ》るんですかい。お武家のまま、道楽として……縫箔がお武家の道楽になるのかどうか知りませんが、まあ道楽の一つとして楽しめばいいいって、考えなかったんですかい」

　今度は一居が息を吐く。

「それができれば……ただの道楽で片付けられたら、どれほど楽だったか。しかし、できなかった。きっかけの一つは、きっかけは……義母の打敷《うちしき》でした。義母の家に慶長《けいちょう》のころから伝わっていた小袖を、打敷に仕立て直したのだと聞きました」

「慶長小袖を打敷にね。そりゃあ、贅沢なもんだ。で、どんな意匠でした」

「紅、白、黒紅。三色の染め分けに鹿子《かのこしぼ》絞りと縫箔で四季の花鳥風月が表されておりました。目を瞠《みは》るほど美しいものでした」

「でしょうね。刺繡を中心に金や銀の摺箔《すりはく》を併用する。慶長縫箔って技法があるぐれえだ」

　女の小袖の意匠が優美に華麗に変化していく。その先駆けとなった形式が慶長の世の小袖、慶長小袖だった。地を絞り染によって複雑に染め分け、模様を刺繡や鹿子絞り、金箔や銀箔を貼りつける摺箔で表す。その生き生きとした動きのある意匠は寛文《かんぶん》小袖に受け継がれ、元禄《げんろく》のころ、刺繡や鹿子に技巧をこらした豪奢《ごうしゃ》な元禄小袖として結実する。時の公儀によって度々、禁令が出たほどの豪奢ぶりであったらしい。

この後、小袖の流行は友禅染へと移り、絞りや刺繡は主技法から外れていくのだ。

「打敷の美しさというより、刺繡の美しさにわたしは……まだ幼かったわたしは心を奪われ、見入ってしまったのです。そのとき刻み込まれた想いは、年を経るごとに褪《あ》せていくどころか根を深くはり、いつまでも残り続けました。そして、姉の婚礼道具の内に一枚の上布《じょうふ》を見たのです。わたしがどうしても縫箔職人の道を行きたいと願った……焦がれるほどに願い続けた、本当のきっかけを作ったのは、それ……越後《えちご》上布の帷子だったのです。花折枝《はなおりえだ》の模様が純金糸と色糸で刺繡されていました。それは、見事な……実に見事なものでした。天女の衣がこの世にあるとしたら、まさにこれかと思いました。それほど美しかったのです。しかも、その美しさは着る者と張り合い、打ち負かす類《たぐい》の傲慢《ごうまん》な美ではありませんでした。身に纏えば、纏った者を美しさの中に包み込み、より華やかに見せてしまう。そんな稀有《けう》な衣だったのです」

仙助が顎を引いた。

喉の奥で、ぐっとくぐもった声が漏れた。お滝が「あらまぁ」と口元に手を当てる。

「え？　何？　どうしたのよ。上布がどうしたの。花折枝の刺繡がどうかして……、あっ」

ようやっと思い至った。

「その帷子の刺繡って、おとっつぁんが……」

「そうだ。おれが刺した。かれこれ、もう……九年、いや十年も前になるかな。越後上布帷子、花折枝の総刺繍。あしらいでも伊達紋でもねえ。模様はすべて刺繍だった。手応えのある仕事だった。よく覚えてるぜ」

仙助の視線がふっと空を漂った。おちえも釣られて、天井近くに目をやる。父はそこに、美しく華やかな夏衣を見ているのかもしれない。おちえは、何も見ることができなかった。

上布は上質の麻布だ。幕府への上納品にも用いられるほどだった。豪華な打ち掛け同様、職人の娘には一生縁のない代物だ。

「その仕事なら、あたしもよく覚えてるよ。どんな方がお召しになるんだろうってあれこれ考えたもんさ。宮家の姫君やお大名のご息女が着てもおかしくない代物だったもの」

お滝がほっと息を吐く。

「でも、まさか、あれが吉澤さまの姉上さまの帷子になっていたなんてねえ。これも、奇なるご縁ってやつですかしらねえ」

「いいえ、奇ではありません。たまたまの縁ではないのです。わたしがここにこうしているのは、あの花折枝の模様を刺繍したのが仙助どのであったからです。姉の帷子を一目見たとき、あまりの見事さに打たれ……本当に、強く打たれたような気がしたのです。わたしはまだ七歳の童に過ぎませんでしたが、あの衝撃は本物でした。今まさに開かんとしている蕾《つぼみ》、咲き誇る花、艶やかな花弁。どれにも目と心を捕えられ飽くことなく見続けておりました。嫁ぐ日の前夜、姉がわたしを居室に呼び、その帷子を着せかけてくれました。姉はわたしがどれほど心を惹《ひ》かれたか知っていたのです」

お滝が目を瞬かせる。仙助も軽く首を捻《ひね》っていた。

子どもとはいえ、武家の男子に女の衣を着せかける振る舞いは奇異だ。一居の話に、おちえも僅かとはいえ戸惑いを覚えた。しかし、戸惑いを押しやるように、

吉澤さまなら、美しい帷子がさぞやお似合いだっただろうな。

そんな埒《らち》もない思いが湧《わ》き上がってくる。

「それから、教えてくれました。この刺繍を施した職人が八名川町の丸仙という縫箔屋の主人であると。姉は、わたしのためにそこまで調べてくれたのです」

「調べたと言っても……」

お滝が身じろぎする。居心地が悪そうにもぞもぞと動く。

「ええ、知ってどうにかなるものではない。わたしもそう思いました。しかし、姉は言ったのです。『知りたいことを知らぬままにしておいてはなりません。知れば、万が一にも道が開けるかもしれないのですから』と」

道が開ける……。吉澤さまのお姉さまは、吉澤さまがいつか武士を捨て、職人の道へ行くと考えておいでだったのだろうか。

おちえは胸の前で手を重ねた。

知りたいことを知らぬままにしておくなという一言は、弟の背中を強く押したのではないか。十年経った今も、押し続けているのではないか。

「嫁いで二年後、姉は亡くなりました。夏の始まりのころです。あの帷子を身に着けて亡くなったと聞きました」

「まあ……」

お滝と仙助が顔を見合わせた。おちえは、一居から目が離せない。

亡くなった？　なぜ？　どうして？　病？　産の障り？　怪我《けが》？　それとも、もっと別の……。

一居が胸元から袱紗《ふくさ》を取り出す。

墨を思わせる黒、喪の色をしていた。

「まっ」

「あっ」

お滝とおちえの声が重なる。

花折枝模様の帷子。その袖の一端らしい布が喪色の中から現れる。

「姉は亡くなる直前に自ら袂を切り、これを実家の弟に届けてくれと言い残したそうです。姉の遺言、最期の願い通り、わたしの手元に届けられました。それ以来、わたしはこれをずっと懐に忍ばせて生きてきました」

仙助が膝を進める。

「手にとっても構いませんかね」

「ご随意に」

仙助はそっと、布を持ち上げ冬の光にかざした。上布の白が淡く輝く。その上に散った色とりどりの花枝は自らが発光しているようだった。

なるほど、これは美しい。

おちえは息を飲み込んだ。

父の仕事のうちでも、最高の部類に入るのではないか。

おとっつぁん、ほんとに天才なんだわ。

しみじみと感じいる。

「親方は生まれてくるのが遅すぎたのさ」

そう言ったのは誰だったか……。出入りの呉服問屋の番頭だったかもしれない。その男は
「慶長や寛文のころなら、もっともっと親方の腕を示せる仕事が、たんまりあっただろうにな。花形役者には大舞台が入り用なのに、まったく惜しいことだ」と続けた。お滝が顔を歪めて、その男を睨んだのを覚えている。

「早すぎたの、遅すぎたの、大きなお世話だよ。好き勝手なこと言われたかないね。生まれる世を選べるやつがいるんなら、逢いたいもんさ。そんなやつ、どこにもいやしないだろう。うち

のはね、どんな世にだって一等の縫箔職人だ。その上でも下でもあるもんかよ」

と、啖呵《たんか》を切ったのも覚えている。母がおちえの父を、自分の亭主を誇っている心根が真っ直ぐに伝わってきて、おちえもまた誇らしい気持ちになった。

あのときはさっぱり解せなかった男の言葉が今は、身に染みる。そして、ほんとにそうかもと首肯しそうになる。

父ほどの天才なら、それに相応《ふさわ》しい舞台が要る。この帷子はまさに檜《ひのき》舞台だったのだ。才に見合った舞台を与えられ、父は存分に腕を振るうことができた。そして、見事な仕事を為《な》した。その傑作を身に纏ったのが、吉澤一居の姉だったのだ。身に纏い死出《しで》の山を越えてしまった。

「おれの刺繍だ。間違いねえ」

仙助がそっと布切れを戻す。

「まさか、こんな巡り合いをするたあな。驚いたぜ」

「ほんとにねえ。でもこれだけってのは何だか……変わり果てた姿になっちまって……」

お滝が涙ぐむ。

「申し訳ありません」

一居が頭を下げる。

「心血注いで為した仕事をこういう形にしてしまった……。お詫びするしかありません」

「詫びなんざするこたあありませんよ。あの帷子の持ち主は吉澤さまの姉さまなんだ。焼こうが裂こうが、食っちまおうがどうしようと、勝手でござんしょう。おれたちの手を出すことでも、口を挟むことでもありません。けど……、吉澤さま、ちっと踏み込んだことをお聞きしますよ」

「はい」

「姉さまとやらは、ご自害なさったんで」

単刀直入すぎるほどの問い掛けだった。束の間の沈黙の後、一居ははっきりとうなずいた。

「はい。自刃《じじん》して果てました」

そうでやすかと、仙助が唸る。何か言いかけた一居を手で制する。

「いや、けっこうです。これ以上のこたあ聞きやせん。出過ぎた真似をしちまった。詫びなくちゃいけねえのは、おれの方だ」

「いいえ、聞いていただけるなら話をさせてください」

一居が睫毛《まつげ》を伏せる。

お滝が腰を上げた。

「あたしたちがいちゃあ邪魔になるなら、退散しますよ。ほれ、おちえ、あっちに行くよ」

「え、でも……」

ここにいたい。一居の話を聞きたい。単に興が湧いて、おもしろがっているわけではない。そんな軽々しい気持ちではない。聞くことで、一居の内に一歩、入り込める気がする。心内を窺《うかが》い知ることができる。

知りたいことを知らぬままにしておいてはならない。

相見《あいまみ》えることのなかった美しい女人の言葉は、おちえの背中をも押してくれる。

おちえは知りたかった。

吉澤一居という男のことごとくを知っていたかった。そして、知ってもらいたい。おちえという女の全てを知ってもらいたい。

想いが疼く。身悶《みもだ》えしそうだ。泣いてしまいそうだ。

「ほら、ぐずぐずするんじゃないよ」

嫌だよ、おっかさん。あたし、ここにいたいのに。

「構いません。どうか、このまま聞いてください」

一居の視線がおちえを捕えた。

捕えられたまま身動きできない。

おちえは無言のまま、一居の視線を受け止めた。

九　龍《たつ》田《た》川《がわ》模《も》様《よう》

静かだ。

丸仙ってこんなに静かだったろうか。

おちえは、ほんの僅かだが居心地の悪さを覚える。

昔から、静かな家だった。

縫箔屋とは本来、静かな仕事なのだ。

針が布を刺す微音の他は、ほとんど物音はしない。その縫箔屋の娘として生まれ育った。それでも、今、この座敷ほどの静寂をおちえは知らない。静寂がこんなに胸を騒がせるものだとも知らなかった。

それはお滝も同じらしく、ちらりと盗み見た横顔は目元が妙な具合に歪んでいた。仙助だけが普段通りの顔つきで煙管をくわえている。新しく火を点けた火皿から薄い煙が立ち上った。

「姉はわたしとも兄たちとも異腹の生まれでした。わたしの母より、さらに身分の低い端女《はしため》の娘だったそうです。わたしは男子であるということで、吉澤家の息子としてそれなりに育てられました。しかし、姉は、父が我が娘と認めたにも拘《かか》わらず、下女部屋で寝起きするような暮らしを強いられておりました。しかも、実母は暇を出され、姉は屋敷の内で孤児の如く扱われていたのです。幼いころから、水汲《みずく》みや台所仕事に使われ、納屋で眠るような日々もあったそうです。下女の中に、姉を憐れんで何くれとなく世話をしてくれた者が少ないながらもいたとか。それで、何とか生き延びられたと、姉は申しておりました」

「まあ……」

お滝が息を詰める。

「不憫《ふびん》なお話でございますねえ」

そう言った語尾が震えている。お滝は情の濃い、子ども好きな性質だ。一居の姉の境遇に胸も潰れる思いなのだろう。

母親と引き離され、父親に見捨てられた童に心を馳せれば、おちえだとて涙ぐみそうになる。

「姉がわたしを大切に育ててくれたのも、己の生い立ちを振り返り、わたしを同じ目に遭わせたくないと思ってのことでしょう。わたしが生まれたとき、姉はまだ十一歳の少女であったのに、母親代わりに……わたしの母もまたわたしを産んですぐに暇を出されたのですが、その母の代わりに懸命に育ててくれたのです。姉の言葉を真似るなら、姉がいたからこそ、わたしは生き延びられたと思うております」

一居の声は静かで、穏やかで、淡々としていて、座敷の静寂を些《いささ》かも乱すものではなかった。

むしろ、静寂に吸い込まれ、余韻を残し、さらに深い静寂を呼び寄せる気がする。

一居がふっと笑んだ。

「そんな身の上でありながら、姉はよく笑う実に朗らかな性質でした。歌も上手《うま》くて、よく俗謡を歌って聞かせてくれたものです。独学で読み書きを己のものとし、僅かな暇にも書を読んでおりました。弱いもの、小さなものを慈しみ、己を律して生きていた女人です」

「ごりっぱですねえ」

我知らず吐息を漏らしていた。

儚《はかな》く亡くなった姉は一居の内で、天女のような姿に浄化されているのではないか。欠点など何一つない天女として……。

「大層な大食いでもありましたが」

「へ？」

「姉は細身ではあったのですが食欲が旺盛《おうせい》で、口癖のように『お腹《なか》が空《す》いた』と申しておりましたよ。何しろ、大人のこぶしほどもある握り飯を五つも六つもあっという間に平らげるのです。その食べっぷりの見事さに、わたしは何度も呆《あき》れさせられたものです」

「あら、そんな面もお持ちだったんですね」

「ええ。台所仕事をしながら自分でせっせと握り飯を作っていました。下女に近い仕事をしているとはいえ、周りの者は父の娘だと知っているわけですから、さすがに咎《とが》めるのは憚られたようです。それをいいことに、姉はしょっちゅう何かをつまんでおりました」

「まあ」

笑ってしまう。

握り飯にかぶりつく美女とは、どんな絵になるのだろう。歌麿《うたまろ》も北斎《ほくさい》も描いていなかったと思う。

そうか、姉上さまは無欠の天女ではなく、楽しく強いお方であったんだわ。

「わたしが三歳の年、兄たちの実母になる正妻が亡くなったこともあって、いつの間にか奥向きは姉が取り仕切るようにもなっていたのです。そのころから、姉は人目を引くほど美しい女人になってまいりました。吉澤の家には季節にかかわらず牡丹が咲いていると謳《うた》われたほどです。弟のわたしの目にも、日に日に姉が美しくなっていくのがわかりましたから」

「十五、六から娘はぐんぐん美しくなりますからねえ。短い花の折が娘の盛り、そのあたりに嫁にいくのが、まっ、世間の道理ってもんなんだろうけどねえ」

お滝が横目でおちえを見やる。むろん、素知らぬ振りをする。

「姉上さまにも、ご縁談が来るようになったんでしょうね」

お滝は視線をおちえから一居に移した。

「はい。美しいとの評判を聞きつけてか、幾つか縁談が持ち込まれるようになりました。そうなると算盤《そろばん》高いと申しますか、父や兄は姉の美貌《びぼう》を家のために利用しようと考えたのです」

お滝の眉が寄る。

「つまり、お家のために少しでも得となる相手に嫁がせようと……」

「はい」

「嫌だわ。下心みえみえの嫁入りなんて、あたしならごめんだなあ」

「下心でも上心でもいいから、とっとと誰かと所帯を持ちな。おまえは、今、花が開くとこなんだからね。散らない間に、どうにかする気になっておくれよ」

「まっ、おっかさんたら、散らない間って何よ。だいたい」

一居と目が合う。笑っている眼だ。

「あっ、も、申し訳ありません。つい……」

「おちえどのは姉と似ておられる」

「は？」

「初めてお目にかかったとき、声を上げそうになりました。姉にとてもよく似ていると、心底から驚いたのです」

「そ、そんな」

ばたばたと手を振る。牡丹と称《たた》えられるほどの女《ひと》と並べられては敵わない。世辞か冗談かはわからないが、笑えない話だ。

「いや、顔立ちがどうのではなく、ちょっとした仕草や笑い方が似ているのです。明るくて、屈託がなくて、そういうところもそっくりで……」

耳朶まで紅く染まっただろう。頰が熱くなり、心の臓が強く鼓動を打つ。その耳に一居の声が染みた。

「姉もわたしも生まれ落ちる場所を違《たが》えました。武家に生まれるべきではなかったのです」

仙助が煙を吐き出す。

「姉さんは、武家に嫁にいったんで？」

一居は小さくうなずいた。うなずいた後、暫くの間、口ごもる。

「実は……姉には密《ひそ》かに想う相手がおりました。屋敷に出入りの植木職人と心を通じ合わせていたのです。何を誓ったわけでもないのですが、お互いを想い合っていたのです。しかし、そのような想いが許されるはずもなく……、姉は十七の年にさる国主の側室にあがったのです。そして国主に伴い江戸を離れ、翌年、城中で男子を産みました」

「お大名の？　まあ、そりゃあ、すごいねえ。あの帷子がお道具に入るのもうなずけるよ。それにお腹さまにまでおなりだなんてねえ。さらにすごいじゃないか」

お滝が独り言のように呟く。

仙助は黙したままだ。おちえも黙っていた。

妾腹《しょうふく》の子として辛苦を舐《な》めた娘が、大名の室となり、男子を生《な》す。

一居の姉は女の双六《すごろく》を上がりとしたようにも思える。しかし、違うのだ。この話の結末はそんなめでたいものではない。

「姉の出産から一年も経たず国主が他界しました。急逝であったようです。国主には姉の子を含めて三人の男子がおりました。急逝であったためなのかどうか、長子が側室の子、次子が正室の子であったからなのか、わたしには窺い知れませんが……二人の間で国主の座を巡って、家中を二分するような諍《いさか》いがあったのです。むろん、公儀の眼を怖れて、全て水面下でのことであったようですが。表に出ぬ分、陰湿、陰惨を極めたとは容易に思い至れます」

「お家騒動ってやつか……」

今度は仙助が一人、呟く。誰も応えなかった。

「まだ年若く、江戸にいるわたしには詳細はわかりかねました。時折届く姉の文から、それとなく察する程度のものです。ええ……姉は、一月か二月に一度、必ず文を届けてくれました。大半は屋敷内に一人残されたわたしの身を案じる文面でした。それでも、母になった喜びや、見知らぬ国の風習や四季折々の風景を姉らしい闊達《かったつ》な筆で知らせてくれたものです。色づいた楓《かえで》が流れに散る様はまさに龍田川《たつたがわ》そのもののようだとか、雪景色が殊の外美しくて、なぜか涙が出たとか」

「え、龍田川の近くにお城があったんですか？」

龍田川が紅葉の名所とは聞いている。確か、生駒《いこま》とか斑鳩《いかるが》とか、その辺りを流れていたのではなかったか。

とたん、腕を思いっきり抓《つね》られた。

「きやっ。おっかさん、何すんのよ。痛いじゃない」

「痛いじゃないよ、この馬鹿。流水に楓が散った模様を龍田川って言うんだよ」

「あ……」

ちはやぶる神代《かみよ》もきかず龍田川　からくれなゐに水くくるとは
在原業平《ありわらのなりひら》の一首に基づいて、流水と楓の意匠を龍田川と呼ぶ。

縫箔屋の娘としても、百人一首の名歌としても覚えはある。ただ、とっさに浮かばなかっただけだ。浮かばなかっただけだけれど、恥ずかしい。一居に物知らずな女だと思われたかもしれない。

母に抓られた腕よりも、羞恥《しゅうち》の念の方が疼く。

「わたしはわたしなりに姉の幸せを祈っておりました。そして文からは、姉が穏やかに暮らしている様が伝わってきて安堵したものです。しかし、それは上辺だけに過ぎませんでした。あるいは、姉がわたしを心配させまいと、あえて不安や不穏を綴《つづ》らなかったのかもしれません。わたしには見抜けなかった。姉を襲う過酷な定めを僅かも察することはできませんでした」

一居が息を吐く。そして、続けた。

「姉は跡目争いに巻き込まれました。国主の死後、髪を下ろし仏道に帰依するつもりだった姉がなぜ……死なねば、いや殺されねばならなかったのか、わたしには未《いま》だにわかりません。姉は死にました。形は自刃であっても、殺されたのと何ら変わらない……。誰の手による殺害なのか、これもわかりません。ただ、姉は己の最期を覚悟していたようで、傍に仕えていた侍女たちを逸早《いちはや》く逃すよう取り計らったのです。その内の一人にこれを」

一居の指先が帷子の袖に触れる。

「託したそうです。そして、自刃して果てた。姉の命を狙った刺客がなだれ込んできたとき、姉は既に我が手で我が身を処していたわけです。それが、姉のせめてもの意地であったのでしょう。姉の遺意を汲んだ侍女は、必死の思いで帷子の袖をわたしの許《もと》に届けてくれました。姉が亡くなって一年近く経ってからのことでした。そのとき、わたしはようやっと姉の死の真相を知ったのです。表向きは、病死とされておりましたから」

「まあ……なんて」

酷いの一言を飲み込む。口にするのも憚られるほど酷い話だ。

「姉上さまのお子はどうなったのですか。まさか、一緒に……」

お滝が息を飲み込む。口元が苦しげに歪んだ。

一居がゆっくりとかぶりを振った。

「行く方知れずです。殺されて闇に葬られたのか、何とか逃げ果《おお》せたのか……。わたしには確かめる術《すべ》さえないのです。表向きはやはり、病死として届け出がなされたそうですが」

一居が唇を結ぶ。

静寂が、重い静寂が再び座敷を覆う。

「お侍ってのは」

仙助が煙管を煙草盆に戻し、どこか空《うつ》ろな眼差しを一居に向けた。

「惨《むげ》ぇことをなさる。人の命より大切なもんなんて、この世にはねぇはずなんですがねぇ」

お滝が身を乗り出して、声を荒げる。

「そうだよ。戦場《いくさば》じゃあるまいし、殺すの殺されるのって、とんでもない話じゃないか。まして、女子どもを殺そうとするなんて、侍の名が泣くよ。何のための二本差しだい。おちぇ」

「な、なによ」

「何をどう間違っても、お武家のところになんか嫁ぐんじゃないよ」

「はあ？　おっかさんたら急に何を言い出すのよ」

「お大名の側室の話なんか来ても、いや、たとえ正室の話でも金輪際のっちゃいけないよ。きっぱり断らなきゃあ、どんな目に遭うか知れたもんじゃないんだ」

「もう、馬鹿馬鹿しい。どこをどう転んだって、あたしに側室だの正室だのって話が来るわけないでしょ」

「わかるもんかい。どこぞの大名が江戸入りの折にたまたま、おまえを見初めるなんてこと、起こるかもしれないだろ。この世には、とんでもない目に遭う弾みってものがあるんだよ」

強張った表情のままお滝が言い募る。大名の室になることが、大層な災厄であるかのように、だ。

嗤う気にはなれなかった。

むしろ、ほんとだねと合点しそうになる。

死の間際に何を思われたのだろう。

顔も姿も知らない一居の姉に心を馳せる。

従容《しょうよう》として死に就いたのか、無念を滾《たぎ》らせたのか、全てを諦めきったのか。そして、喉に懐剣を突き立てる寸前に、何を、誰を思うたのだろう。

江戸にいる弟か、かつて想いを寄せた男か、幼い我が子か……。

もう一度、生きて逢いたかった。

胸奥に仕舞い込んだだろう嘆きの一言が聞こえた気がした。

ほんとだね、おっかさん。お大名の室なんて、どんなに乞われてもなるもんじゃないね。

「仙助どの」

一居が両手をついた。

「わたしは武士を捨てました。わたしはわたしの望む道を行きたいのです。己で選び取りたいのです」

「……それが、姉さんへの供養になるとでもお考えですかい」

「いえ。姉にかかわりなく、わたしの一念です。しかし、姉が生きておれば、おそらく励ましてくれたでしょう。よく意を定めたと、褒めてくれたかもしれません。姉は誰より、わたしという者を知っておりましたから」

うむと、仙助は唸り、なぜか煙草盆を睨みつけた。

「おとっつぁん」

父を呼んだものの、その後が続けられなくて、おちえは黙り込んだ。一居の後押しをしていいものかどうか迷う。一居の想いはわかるものの、この前まで刀を差し、武士として生きていた者が職人になれるのかどうか見当がつかないのだ。

棒手振《ぼてふり》の魚売りが青物屋に商売替えするのとはわけが違う。

「吉澤さま」

煙草盆から一居へ、仙助の視線が移る。鋭く尖ったままだった。

「縫箔の仕事を舐めてもらっちゃ困りますぜ」

ぶつけられた言葉を解しかねたのか、一居が一瞬息を詰めた。

「あんたは、さっき帷子の美しさに魅せられたと、言いやしたね」

「はい」

「あれだけの仕事をするために、何年の修業がいると思ってます?」

「それは……」

膝に手を置き、仙助は一居を見据える。

「糸巻き三年、台張り三年。俗にそう言われてます。十年の上の年月をかけて、やっと一人前になれる。いや、一人前になれるかどうかのとば口に立てるんだ。何十年経っても一人前になれるって約束は誰にもできるもんじゃねえ。技を習い覚えたからといって、できる仕事じゃねえんですよ」

「……はい」

「うちに奉公に来るのは、たいてい十二、三の子どもです。もっと小せえやつもいる。それに比べりゃあ、あんたはりっぱな大人だ。しかも、あんたがどう言おうと、足掻《あが》こうと、侍あがりだってことは消せやしねえ。しなくてもいい苦労を、たんとすることになりやすぜ。それも覚悟の上でねぇと、うちでは務まりやせんよ。そこんとこだけは、肝に銘じてねぇとな」

一居の双眸《そうぼう》が大きく見開かれる。

「仙助どの、かたじけない」

深々と低頭した一居を見下ろし、仙助はため息を吐き出した。

「親方だ」

「あ……」

「仙助どのじゃなく、親方。ここの別嬪二人はお内儀さんにおじょうさんてことになる」

「あ、はい」

「一月《ひとつき》の猶予をやらあ。その間に、おめえの堅苦しい侍言葉を直しな。いいか、一月だぜ。一月経って、まだ、殿だのかたじけないだのとほざいてたら丸仙から叩き出す。わかったな」

「はい。ありがとうございます」

「馬鹿野郎。礼を言うなんざ十年、早《はえ》ぇや。そんなこたぁ一人前の縫箔職人になってから舌にのせな」

「は、はい」

「お滝」

「あいよ」

「一《いち》のやつに部屋を教えてやんな」

「あいよ。一さん、兄さん弟子たちと一緒だよ。あんたより年下だけど、兄弟子は兄弟子だからね。ちゃんと、言うことを聞くんだよ」

「はい」

「荷物はその風呂敷包一つだけだね」

「はい」

「けっこうだね。じゃあ、それを仕舞ったらみんなに挨拶して、その後は庭掃除をしてもらうよ。箒《ほうき》の使い方ぐらいはわかるね」

「はい」

「朝は陽《ひ》が昇る前に起きてくるんだ。誰より先にね。それから、台所の竈にすぐ火を入れておくれ。二日に一度は水売りから水を買って甕《かめ》をいっぱいにしとくんだよ。その後、門前を掃いて、仕事場の床を拭くんだ。そのあたりの手順は、兄さん弟子からちゃんと教えてもらいな」

「はい」

「兄さん弟子たちに逆らったり、口答えしちゃあならないよ。何を言われても、はいはいって素直に従うんだ」

「はい」

「よし、それじゃ、付いておいで」

お滝が立ち上がる。

「おれも仕事場に戻る」

仙助も腰を上げた。

「え？　ちょ、ちょっと待ってよ。本気なの。本気で吉澤さまを弟子入りさせちゃうの」

おちえは中腰になったまま、三人を見上げる。あまりの展開の速さについていけない。

「吉澤さまじゃなくて、一だ。おまえもこれからは、こいつの呼び方をきっちり改めな」

「きっちりったって、無理よ、無理。急にそんなこと言われたって吉澤さまは吉澤さまなんだから。だいたい、何でこんなにぽんぽん話が進んじゃうのよ。みんな、落ち着いて。落ち着いてじっくり考えようよ。慌てたってろくなことにならないんだから」

はたはたと手を振る。仙助が苦笑した。

「おめえが一番、慌ててるじゃねえか。話はとっくについたんだよ。一は今日から丸仙の奉公人だ」

「そんなむちゃくちゃな……」

その場にへたり込みそうになる。

むちゃだ。無理だ。父も母もどうして、こうもあっさり一居を受け入れられるのか合点がいかない。

だって、吉澤さまだよ。おとっつぁんやおっかさんは知らないかもしれないけど、あれほどの剣を遣われる方なんだよ。なのに、うちの奉公人だなんて……むちゃだよ。絶対にむちゃで無理だよ。

「おじょうさん」

一居がおちえの前に手をつく。

「これからお世話になります。精一杯励みますから、なにとぞよろしくお願いいたします」

「ひえっ、よ、吉澤さま。お、おじょうさんだなんて……。お止めください。もう、ほんとに肝が潰れます。頭がくらくらします」

吉澤さま。本当に剣をお捨てになるのですか。あれほどのものを惜しげもなく、お捨てになるのですか。それでいいのですか。ほんとうに悔いはないのですか。

「これでやっと一足、前に進めます」

一居が微笑んだ。

穏やかだけれど強い笑みだった。胸に突き刺さってくる。

「さっ、一さん。行くよ。ぐずぐずしてたら日が暮れちまう。そうそう、あんた、竈に火を点けたことあるのかい」

「いや、それはまだ……」

「しょうがないねえ。おちえ、後で一さんに教えてやんな」

お滝が足早に廊下に出ていった。一居が後に続く。

「え？　おっかさん、吉澤さま。ほんとにちょっと待ってよ」

「おちえ」

仙助がしゃがみこみ、おちえの顔を覗き込む。

「一って呼んでやりな。そして、他の連中と同じように扱ってやるんだ。おまえがおたおたしてたら、あいつの足枷《あしかせ》になるじゃねえか」

「足枷？　あたしが？」

「そうさ。あいつはもう決めてんだ。揺るがねえ決意さ。そんなこたぁ眼を見ればわかるじゃねえか。一は後に退《ひ》く気はさらさらねえのさ。本気で縫箔職人として生きていくつもりなんだ。だったら、おめえだってそういう気で扱ってやらねえとな。おめえがいつまでも煮え切らねえと、かえって一の邪魔をするってことになるんだぜ。わかってんだろ？　わからねえほど間抜けじゃねえよな」

仙助は腰を伸ばし、こぶしで軽く叩いた。

「それからな、一は一番下っ端の弟子になる。間違っても、惚《ほ》れたの腫《は》れたのって騒ぐんじゃねえぞ」

「まっ、おとっつぁん」

声が裏返る。我ながら情けないほど引きつっている。

「いいな、弟子との色恋沙汰《ざた》はご法度《はっと》だ。おめえも、よぉく、肝に銘じときな」

それだけ言うと、仙助は背を向け仕事場へと向かった。

おちえは一人、残される。

見抜かれていた。

唇を噛む。

一居へと惹かれる心を仙助は見抜いていたのだ。

でも、それは……。

剣士としての吉澤一居への憧憬《しょうけい》かもしれない。あるいは嫉妬《しっと》かもしれない。畏敬《いけい》の念かもしれない。わからない。おちえは己の心の有り様が、はっきりとは摑めずにいた。剣士でない一居を、剣を捨てた男をどう見て、どう接していいのか、正直、戸惑うばかりだ。

戸惑いを抱えたまま、同じ屋根の下で一居と暮らすことになる。

踏ん切りがつかない。割り切れない。

お滝や仙助のように、すぱりと小気味よく変われない。

吉澤さまがこれからずっと近くにいる。吉澤さまの傍で日々を過ごす。それをあたしは喜んでいる？　重荷に感じている？　辛がっている？　胸をときめかせている？

どうなのよ、おちえ、どうなの。

己に問うたのに、答えは返ってこなかった。

煙草の匂いの微かに揺れる座敷で一人、おちえは座り込んでいた。

一居はよく働いた。

竈の火入れこそ最初もたついたものの、掃除も薪割りも水汲みもきちんとこなし、毎日、早朝からとっぷり日が暮れてしまうまで働きに働く。雑巾掛けも水運びも箒の扱いも初尽くめであっただろうに、黙々と動き続けた。

丸仙では若い奉公人には、仕事が引けてから読み書き算盤を教える習わしがあるのだが、一居にはむろん無用だった。一居はそのための刻《とき》をひたすら糸巻きの稽古に充てていた。

トンボは芯棒《しんぼう》の上に板棒が十文字に合わさった糸巻き道具だ。角の出た竹トンボのような形をしている。その角のところに竹管を差し、そこに糸掛けの綛糸《かせいと》を巻き取るのだ。

ほんの一瞬気を緩めれば、糸は管から外れて乱れる。刺繍のための糸は柔らかく、少しでもきつく引っ張れば切れてしまう。無情なほどあっさりと切れてしまうのだ。

糸巻きが一人前になるまで三年かかると言われていた。

「修業を始めたばかりのころは、毎晩、糸巻きの夢を見たもんだ」

仙助が珍しく、若いころの話を口にした。機嫌よく酔った宵のことだった。もう一、二年も前だったろうか。

「やってもやっても、糸がぶつぶつ切れちまうのさ。これは夢だ、夢なんだってわかっているのに情けなくて、辛くてな。ふっと目が覚めたら、涙をぼろぼろ零してんだ。そんな夜がずっと続いてな。もう逃げ出したくなっちまったぜ」

丸仙の仙助にもそんな時があったのかと、目を瞠る思いがした。

情けなくて、夢に泣いて、逃げ出したくなる。

吉澤さまは、どうなのだろう。

庭先を掃いている一居をそっと窺うけれど、何も読み取れない。直《じか》に聞くわけにもいかず、どう声を掛けていいかもわからず、おちえは一人でやきもきしていた。

やきもきしているうちに、冬が深まり、江戸の空を雪雲が覆うようになった。

「おちえ、おまえにお客さんだよ」

おちえの耳元にお滝がささやいたのは、曇天の空から雪片が舞い散り始めた下午《かご》だった。菜を刻んでいた手を止め、首を傾げる。

「お客？　あたしに？」

「伊上さまってお侍だよ」

「伊上さま。まあ」

伊上源之亟が訪ねてきたわけか。

おちえは包丁を置くと前掛けを外した。

「裏木戸のところにおいでだよ。中に入るように勧めたんだけど、ここでいいって。凍えちまうのにさ。顔も気性も頑固なお人だね」

「おっかさん、頑固な顔ってどんなのよ」

「だから、おまえの客人みたいな顔さ。おちえ、あの方、榊道場の門弟だって名乗ったけど、おまえに何用だい」

お滝が目を細める。用心深い眼つきだ。

「ずっとお稽古、休んでるから、心配してくださったのよ、きっと」

このところ、道場から足が遠のいている。あれほど好きでたまらなかった剣なのに、竹刀を握る気が起きないのだ。

一居は全てを捨てて縫箔にかけた。その気迫と同等なものを、自分は剣に持っているだろうか。己に問い、やはり、返ってこない答えに歯嚙みしていたのだ。

町方のしかも女でありながら、いつまでも剣を続けるわけにはいかない。とすれば、剣を諦めるのか。そこしか道はないのか。

胸のどこかに隠し、ごまかしてきた想いが一居のせいで、隠し切れなくなった。ごまかせなくなった。それが辛くて、痛くて、答えを出すのが怖くて、道場に通えなくなっている。

あたし、弱いなあ。

町人の形《なり》でひたすら働いている一居を見るにつけ、思う。

「とっとと行って話を聞いてきな。でないと、頑固な客人が凍え死んじまうよ。うちの門前で死人を出すわけにはいかないからね。ただし、長話をするんじゃないよ。うわさの種になるのはごめんだからね」

おちえは前掛けを畳むと、裏口に出た。

木戸のところに人影が見える。

「伊上さま」

足早に近寄り、おちえは息を呑んだ。

源之亟は別人のようにやつれていたのだ。頬がこけ、目の下を隈《くま》が縁取っている。あの陽気な面影が欠片《かけら》もない。

「伊上さま、どうして……」

立ち竦《すく》むおちえの目前で雪の一片が舞った。

十　小《こ》梅《うめ》模《も》様《よう》

おう、おちえ。

と、伊上源之亟は笑った。笑うと目元に柔らかさが滲《にじ》み出る。昔のままの、源之亟の笑顔だった。

よかった。

おちえはほっと息を吐く。息を吐いてから、昔と言うほど長い間無沙汰《ぶさた》をしていたわけではないと、気が付いた。この前、源之亟と顔を合わせてからまだ一月足らずしか経っていない。

しかし、束の間であっても隔世の感を覚えてしまった。一月前を遥か昔に感じてしまう。

それほど、源之亟は面変《おもが》わりしていた。

「久しぶりだな、おちえ」

その声音も掠《かす》れて、低く、老人のようだった。何より眼差しが暗い。おちえの知っている伊上源之亟、陽気で豪快なあの源之亟の眼ではなかった。暗くて、淀んでいて、沼のようだ。底の無い沼。迂闊《うかつ》に足を踏み入れるとずぶずぶと沈み込んでいく。

ぞっとする。

指先が凍《い》てつくのは、雪を連れた風のせいばかりではない。

「伊上さま……あの」

おちえは絶句してしまう。いったい、どうなさったのですかと、これまでのようにあけすけに問えなかった。

何だか、とんでもないことが起こった？

伊上さまの身に？　それとも……？

一息を飲み込み、源之亟を見上げる。源之亟はおちえを見返し、掠れ声で告げてきた。

「元気そうで安心した」

伊上さまもとは、冗談でも口にできない。

「あの、お稽古を休みっぱなしですみません。いろいろ、あって」

わざと声を弾ませてみる。源之亟が纏っている陰の気を少しでも振り払いたかったのだ。

「うむ。実はな、おちえ……あっ」

源之亟が大きく目を見開く。視線がおちえを通り越した。つられて、おちえも振り返る。

水桶《みずおけ》を手にした人影が視界の隅を過《よぎ》った。

「おい、あ、あれは吉澤一居じゃなかったか」

「は？」

「は？　じゃない。吉澤だろう、佐竹道場の。町人の形《なり》をしていたが、間違いなかったぞ」

「伊上さま、しっ。しっ。声が大きいですって。そんな大声出さないで。周りに聞こえちゃうでしょ」

「いやしかし、何で、吉澤がおちえの家で水なんか運んでいる。しかもあんな格好で、うっ」

源之亟が腹を押さえてよろめいた。顔が歪み、咳《せ》き込む。

「う……、お、おちえ……当て身とは……何のつもりだ」

「あっ、いけない。つい。す、すみません」

源之亟の口を止めようと、つい手が出てしまった。ここまで綺麗に、こぶしが入るとは思わなかったが。

「だって、伊上さま、うるさいんですもの。周りに迷惑かと思って」

「おまえな……他人を黙らすのに当て身なんか使うな。口をふさげば済むことだろうが」

「あっ……そう言われればそうですよねえ。やだ、あたしったら、どうしてこんなことを。すみません。伊上さま、大丈夫ですか」

「まったく、おまえはおもしろいというか、危ないというか。とんでもない娘っ子だな」

源之亟が苦笑する。おちえはひたすら頭を下げた。恥ずかしくはある。申し訳なくもある。しかし、安堵していた。源之亟とのやり取りが、馴染みの軽やかなものに変わったからだ。源之亟の人としての根っこは以前通りらしい。

「しかしなあ、あのうわさは本当だったのか」

源之亟が腕を組み、呟《つぶや》く。視線がさっき一居の消えた裏口あたりに向けられた。

「うわさ、ですか？」

「うむ。吉澤が家を出て修行の旅に出たというやつだ。まさかとは思ったが、やはり家を出ていたのか。うん？　しかし、旅に出たはずの吉澤がなぜ、丸仙にいるんだ？」

「うわさ通り修業してるんです。剣じゃないですけど」

「うん？　うん？　どういうことだ」

「いや、ちょっと入り組んだお話ですから、そう簡単に伝えられるような類のものじゃなくて……、えっと、あの、ですからね」

「ええっ。ま、まさか、おちえ、修業と言うのは……ええっ、そんな馬鹿な。吉澤が丸仙に弟子入りしたってわけか」

「だから、大声、出しちゃ駄目って言ってるでしょ」

源之亟が腹を両手で庇《かば》い、一歩、下がった。

「わかった。おちえの当て身は二度とごめんだ。わかったから、そのこぶしを解いてくれ」

「あら、やだ。また」

おちえは指を開いた手をひらひらと振って見せた。ついでに、愛想笑いも見せる。

源之亟が肩を揺すって笑った。

「ははは。まったく、おちえは愉快だ。一緒にいると憂さを忘れられるな。いや、暫くぶりに笑えた気がする」

　憂さとは何なのだ。

　源之亟に笑いを忘れさせていたものとは、何なのだ。

「吉澤のことは、詳しくは問うまい。まあ、些か驚きはしたが……。よくよく考えれば、他人事に鼻を突っ込んでいる場合ではないしな」

「伊上さま」

「おちえ」

　源之亟の面が引き締まる。こけた頰が微かに震えていた。雪片がその頰に降りかかり、すぐに融けて滴に変じた。

「師範代が亡くなられた」

「はぁ？」

　とてつもなく間の抜けた声が出た。歯の間から息が漏れて、鼻の穴が膨らんだのがわかる。いつもの源之亟なら噴き出し、笑い、さんざんからかってきただろう。

　あっはははは。何だ、おちえ、その顔は。間抜け面の骨張だな。あはははは、笑える笑える。

　源之亟は笑わなかった。口元を歪め、目元を歪め、唇を震わせている。その唇は白く、色はなかった。

「腹を……召された……のだ」

色を失った唇で、途切れ途切れに告げてくる。己の口にした一言、一言が棘《とげ》を持ち、口中を刺すかのような顔つきだった。

「ご切腹……沢原さまが……」

「沢原家の墓所で一人、果てておられた。今朝、家人のどなたかが見つけられた……そうだ」

「そんな」

師範代沢原荘吾の姿が、脳裡《のうり》に浮かぶ。

むっつりと押し黙った陰気な面ではない。満足げに笑った剣士の顔だ。一居と竹刀を交えた直後に見せた笑みだった。

足元がふらつく。

おちえは縋《すが》るように源之亟の腕を摑んだ。

「嘘でしょ。伊上さま、あたしを担ごうとしてるんでしょ」

「……これが嘘なら、どれほど楽か……。おちえ、本当なんだ。本当に師範代は……自刃なされたのだ……」

「どうして、何でそんなことに」

叫んでいた。叫びが喉を震わせる。源之亟が眉を顰《ひそ》めた。

「おちえ、声が大き過ぎる」

「だって、だって、そんな切腹なんて……信じられない。嘘に、嘘に決まってる。でなければ、何かの間違いです。間違いでしょ、そうですよね、伊上さま」

源之亟が横を向く。おちえの取り乱した様から目を背けたようにも、己の内の情動を抑えるためのようにも見えた。

しゃがみ込みそうになる脚をおちえは必死で踏ん張った。

間違いじゃない。嘘でもない。これは現《うつつ》の話だ。現に起こったことなんだ。

「……どうしてなんですか。どうして、師範代がお腹を召さなければならなかったんです。何が……あったんです」

声が喉の奥にからまっている。無理に押しだすと、妙に強張って掠れてしまう。さっきの源之亟とそっくりだった。

「まだ詳しいことはわからん。ただ……」

「ただ？」

源之亟がゆっくりと顔を向けてきた。病人の顔容だ。青白く、目の下だけがくすんだ雀色《すずめいろ》をしていた。

「おちえ、娘殺しの一件、むろん耳にしておるな」

「娘殺し……はい、存じております」

存じているどころか、丸仙の職人の娘が犠牲になっている。おちえも襲われはしたけれど、それはまた別の話だろうし、ここで源之亟にあれこれ告げる気は起こらなかった。そんな気力が湧いてこない。

「あの一件が、何か……」

まさかと思う。まさか、そんなことがあるわけがない。

「師範代は……下手人ではないかと疑われたのだ」

あるわけがないことを源之亟が口にする。

「まさか……」

おちえは立ち尽くすしか術がなかった。

風が強くなる。雪交じりの風がおちえを嬲《なぶ》る。凍てつきなど感じない。ただ、風にさらわれて飛んでいきそうな、そんな心持ちにはなる。薄っぺらな紙きれか枯葉になって、遥か遠く、天の果てまで飛ばされてしまう。

寒いのではなく、怖かった。

「師範代がそんな真似、なさるわけがありません」

丹田《たんでん》に力を入れ、声を振り絞る。

「おれもそう思う。いや、道場の誰もが、榊先生も門弟も誰もが……おちえと同じ思いだ。沢原さんが、戯れに娘を殺《あや》めるなんて真似、するわけがない」

「当たり前じゃないですか。そんなこと、絶対に絶対にありえません。濡《ぬ》れ衣《ぎぬ》も甚だしいです。

何で、どうして師範代が疑われなくちゃならなかったんです」

「おれも……詳しくはわからん。何がどうなっているのかも、これから、どうなるのかも、さっぱり見当がつかんのだ。ただ、榊道場はもうお終いかもしれん」

源之亟の眼の色がさらに暗みを深くする。

「事の真偽はどうあれ、師範代が下手人と疑われ腹を切った。このまま、道場を続けるのは無理だろう」

「そんな……」

道場が無くなる。

竹刀を握り、胸を高鳴らせ、通い続けた場所が消えてしまう。

こんなにあっけなく、こんなに突然に。

目眩《めまい》がする。

「ともかく、今日から道場は閉門を申し付けられた。そのことを伝えに来たんだ」

「いつまでですか。いつになったら元通りになるんです」

「そんなこと、わかるか」

源之亟が怒鳴る。怒声が耳に突き刺さってきた。

「だから言ってるだろう。このまま、お終いになるかもしれんのだ。元通りになんて……もう無理なんだ。もう何もかも終わりだ」

源之亟の身体が小刻みに震える。ぎりぎりと歯を食いしばる音が聞こえた。

「……すまん。八つ当たりしてしまった。おちえには何の咎《とが》もないのにな。ただ、事のあらましを伝えに来たつもりだったのに……。すまん、本当に。おれもまだまだだな」

源之亟がふっと笑む。

謝らないでください、伊上さま。淋しげに笑ったりしないで。伊上さまのそんな姿、あたし、見たくない。

目の奥が熱くなる。

今の今まで、道場を辞めようか続けようかと思い煩《わずら》っていた自分は、何と暢気《のんき》で世間知らずだったのだろう。世の中というものが、こうまで容赦なく反転するものだとは知らなかった。まるで、知らなかった。

「おちえ、泣くな」

源之亟の手が肩に載った。思いの外、温かい。

「おまえに泣かれたら、どうしていいかわからなくなる」

泣いてる？　あたしが？

頰に触れてみる。指先が濡れた。口の中に涙が染みて、しょっぱい。泣いているのだ、確かに泣いている。

「だって、だって……こんなの、あんまりだもの。あたし、嫌だ。こんなの……嫌だ」

まるで子どもの駄々みたいだ。だけど、どうしようもない。涙が止まらない。叫びたい。喚《わめ》きたい。地団太を踏んで嫌だ嫌だと訴えたい。悔しいとか淋しいとか辛いとか、一言で言い表せない思いが胸に渦巻く。悔しさも、淋しさも、辛さもみんな融け合って、混ざり合って、どろどろの得体の知れない、名付けようのない情動になる。それがおちえの内側でおちえを食《は》んでいる。叫べ、喚け、暴れろと唆《そそのか》す。

「おちえ、泣いてくれるな。頼むから、泣きやんでくれ」

源之亟の物言いがやけに優しくて、また、涙を誘われる。

「おちえ」

肩に置かれた手に力がこもる。男の指が強く肩を抱く。しかし、それは一瞬だった。一瞬で力は緩み、源之亟が息を詰める音が聞こえた。「おじょうさん」という呼び声も聞こえた。

振り返る。

一居が立っていた。

「おじょうさん、お内儀さんが中に入るようにと。お客さまも、ご一緒にとのことです」

淡々とした口調で告げる。

「……吉澤どの。吉澤どのだな」

源之亟がぱくりと口を開けた。ひとひらの雪片が吸い込まれていく。一居は頭を下げ、仄かに笑った。

「今は、一と呼ばれております。丸仙の親方の許で修業させていただいておりますので」

「ま、真に？　吉澤どのは職人になるおつもりなのか」

「はい。いずれは、一人前の縫箔職人になりたい、いや、なるつもりです。ともかく、わたしのことより、どうぞ中にお入りください。このままだとお二人とも凍えきってしまいます」

一居が促す。おちえはしゃくりあげながら、源之亟は口を半開きにしたまま、後に続いた。

台所は温かだった。

竈で柴《しば》が燃えている。小気味のいい音がする。煙と芋の煮える匂いがする。さっきまで、おちえがいた場所だ。何も変わっていない。変わっていないことのありがたさが身に染みる。また、泣きそうになる。涙と寒さで頬がごわごわになっていた。おちえは上がり框《がまち》にしゃがみこみ、両手で頬を挟んだ。その傍らに源之亟が腰を下ろす。遠慮がちな動作だった。

「温かい茶を淹《い》れます」

一居が宣するように言う。源之亟が律義にうなずいた。

「おっかさんは？」

「お内儀さんは親方のところです。暫くは台所を明け渡すから、ゆっくり火に当たれとの言付けです」

「そう」

おちえは深く息を吐いた。

お滝の心遣いだ。

「あたしたちの話、丸聞こえだったのね」

「おじょうさんも伊上さまも、地声がやや大きいので。台所には筒抜けになってしまいます。さ、どうぞ」

一居が湯吞みをおちえと源之亟の横に置いた。

「これは、どうも、いや、かたじけない」

源之亟がぎごちなく礼を言う。一居と目を合わさないように、視線をうろつかせていた。

おちえはゆっくりと茶をすすった。

そう言えば、昨日、焙烙《ほうろく》で母と一緒に茶葉を炒《い》った。古くなって味が落ちた茶が香ばしく生まれ変わったのだ。

昨日より今日の方が美味《おい》しく感じる。温かさが身体に広がっていく。さして高級ではない茶葉なのに、いつも飲んでいる物なのに、こんなにも美味しかったのだ。湯吞みを握ると、指先が温もってむず痒《がゆ》くなる。

「おじょうさん、差し出がましいようですが、一度、親分さんに話を聞いてみてはどうでしょうか」

おちえが一息吐くのを待って、一居が言った。

「仙五朗親分さんに？」

「はい。親分さんはずっと娘殺しの件を追いかけておいでなのでしょう。とすれば、今度のことも詳しく摑んでおられるはずです」

「一さんは、親分さんのこと知ってるの」

「いいえ、お内儀さんから聞きました。大層な腕っこきの岡っ引で、何人もの犯科人を捕えてきた方だとか」

おっかさん、けっこうあれこれ吉澤さま……一さんにしゃべってるんだ。でもね、一さん、おっかさんの話を全部、真に受けちゃ駄目よ。多分に尾鰭が付いてんだから。

そんな冗談半分の軽口で笑ってみたいけれど、舌も気持ちも重くて、おちえは手の中の湯吞みを見詰めていた。

「その親分とやらに尋ねれば、詳細がわかるのでござるか」

源之亟が身を乗り出す。

どうだろう。〝剃刀の仙〟はこの件にどこまで、どのようにかかわっているのか。

「少なくとも、我々よりずっと多くのことをご存じのはず」

一居がおちえの顔を覗き込むように身を屈めた。

「おじょうさん、わたしも間違いだと思います」

おちえは丸めていた背を伸ばし、一居の視線を受け止めた。

「沢原さまは、どんな由があっても丸腰の者を、しかも女を切り捨てるようなお方ではないはずです」

　吉澤さま、おわかりになりますか。と、動きそうになる舌を何とか抑制する。

「一さん、わかるの」

「わかります。竹刀を交えましたから」

　おちえより先に、源之亟が身じろぎした。まじまじと、瞬きもしない眼で一居を見詰める。

「沢原さまは剣士でした。剣士としての矜持《きょうじ》をお持ちだった。あのような方が人を殺すわけがない。ええ……沢原さまは真の剣士です。だからこそ、わたしは」

「え?」密やかに息を吐いた。

　本当に静かなお方だわ。乱れた心に一居の静謐が染みる。

「だからこそ、わたしは榊道場に出向いたのです。剣を捨てる前に、どうしても沢原さまと手合せがしたかった」

「まあ……」

　源之亟と顔を見合せる。

「でも、あの……一さんは剣が重荷だったんでしょ。捨てたかったんでしょ。それなのに、沢原さまとの手合せを望んだの」

「重い荷だから容易《たやす》く下ろせなかったのです。父に認めてもらうための唯一の手立てとしてきたものです。重くて……重くて……捨て去るためには……わたしなりの儀式が、踏ん切る儀礼がいると思ったのです」

「それが沢原さまとの勝負だったのですか」

「はい。沢原さまは、わたしが知っている誰よりも優れた剣士でした。あの方と存分に戦って剣を捨てよう。そう思ったのです。榊先生に全てを話し、許しを得、沢原さまと竹刀を交えることができたのです。思う通りになりました。あの勝負の後、重荷はなくなりました。わたしにとって、剣はやはり入り用ではなかったと、確かに信じられたのです。それで……ここに、丸仙に来られました。もう迷いのない自分を親方に見て貰うことができました。迷いがなかったからこそ、親方は弟子入りを認めてくれたのです。だから……」

一居がふっと息を吐いた。

「沢原さまはわたしにとって、恩人なのです」

おちえはこぶしを握った。あの火花の散るような勝負の正体がわかった。一居は己《おのれ》の人生をかけ場に臨み、沢原はそれを受け止めたのだ。

「なるほど、しかし……そう言い切れるか」

源之亟が腕組みをして、低く唸る。

「師範代が底の底で何を考えていたかなんて誰にもわからんだろう。いくら、真剣に竹刀を打ち合わせても、だ。今、吉澤どのの申したことは、吉澤どのの理屈に過ぎん。沢原さんは確かに剣士だった。稀有《けう》な剣士だった。それは間違いない。しかし、いや、だからこその焦燥《しょうそう》があったのかもしれん。戦国の世ならいざ知らず、今のこの太平の世で剣の腕は、正直、何程の助けにもならんだろう。沢原さんは、おれと同じで小禄《しょうろく》の身だ。どんなに剣の道に励んでも、のし上がることはできん。道は端《はな》から閉ざされておるわけだ。そう考えれば自棄《やけ》にもなるし、生きていくのに嫌気もさす」

「それで、娘殺しに走ったと言われますか」

「心の箍《たが》が緩んで落ちてしまったのかもしれん。人を殺す快を覚えてしまって後戻りできなくなったとは、考えられんか」

　そこで源之亟ははたと口をつぐんだ。

「吉澤どのには無礼な物言いを致しました。お許しあれ」

　一居より先に、おちえが答えた。

「一さんですよ。ここには、吉澤どのなんていないんだから。いちいち頭を下げないでくださいな」

「いや、おれは別に頭を下げてなどおらんぞ」

「下げてるじゃないですか。ええ、下げてましたとも。それに何ですか。さっきは沢原さまが戯れに娘を殺《あや》めるなんてするわけがないとか言っておきながら、舌の根の乾かぬうちに、師範代を下手人にでっちあげるみたいなこと言って。伊上さまは、師範代を陥れるつもりなんですか。酷い、酷過ぎます」

源之亟の顔面が瞬く間に朱に染まる。

「馬鹿言うな。おれがどうして沢原さんを陥れなくちゃならない。今言ったのは、そういう見方もできるってことだ。同じようなことを考えているやつも、けっこういるんだ」

一居が僅かばかり膝を進めた。

「誰です」

「うん？」

「沢原さまに対し、誰がそんな見方をしているのですか」

「いや、それは……」

「今、おっしゃったこと、伊上さまご自身のお考えではなく、誰か他の者から聞いた話ではありませんか」

「う……それは、まあ……」

「そうだわ。伊上さまにしては、妙に理屈が通っていて、もっともらし過ぎるもの」

「おちえ、ちょっと待て。それじゃまるでおれの頭がすかすかみたいに聞こえるじゃないか」

「すかすかとまでは申しません。でも、そんなに詰まってないでしょ」

「おい、いいかげんにしろ。さっきから一々突っかかってきて。おれに喧嘩《けんか》を売ってるのか」

「知りません。こんなときに師範代のことを悪く言う伊上さまなんて嫌いです。大嫌い」

「だから、おれは言ってない。そういう実《まこと》しやかな話が耳に届いたというだけで……」

源之亟が眉間に皺を寄せ、口をへの字に曲げる。

憤懣《ふんまん》やる方なし。

まさに、そんな表情だ。その表情をふるりと緩ませ、源之亟は長いため息を吐いた。

「そうだな。おれが悪かった。今朝から気持ちが空回りばかりしていて、心にもないことをべらべらしゃべってしまった。おちえが怒るのももっともだ。すまん、配慮が足らなかった」

それは違う。

「……すみません」

おちえは小さく呟き、下を向いた。

わかっている。源之亟に罪はない。これは、明らかに八つ当たりだ。さっきの源之亟の怒声よりずっと性質《たち》悪く当たり散らしている。目の前の誰かを誹《そし》ることで、何とか気持ちの平衡を保とうとしている。姑息《こそく》で、卑怯《ひきょう》で、浅はかな振る舞いをしてしまった。

恥ずかしい。

源之亟だから堪《こら》えてくれた。察して、受け止めてくれた。他の者なら、どれほど憤ったか。どれほどおちえを侮蔑《ぶべつ》したか。

甘えているのだ。

源之亟の人の好《よ》さにつけこんで、甘えて縋って、我儘《わがまま》を垂れ流している。自分はこんなにも姑息《こそく》で、卑怯で、浅はかな者なのだ。

「すみません。本当に……伊上さま、どうかお許しください」

両手をつき、額が擦れるほど低頭する。

情けなくて、恥ずかしくて、身体中が火照《ほて》る。

「馬鹿。おちえが謝ることなんて一つもないだろうが。そんな真似は止めろ」

源之亟のぶっきらぼうな優しさが染みて、おちえは歯を食いしばった。そうしないと、嗚咽《おえつ》を漏らしてしまう。

泣いたら余計に情けなくなる。さらに、恥ずかしくなる。

「沢原さまにはご家族がおいでなのですか」

一居の声が耳朶《じだ》に触れた。

冷たくはないが、乱れも熱もない声だった。耳から、清涼な気が流れ込み、全身を巡るような心地がした。

「お内儀と娘御、それに御母堂がおられる。主人が亡くなり、女三人が遺《のこ》された。娘御は、まだ三つの童のはずだ」

「それは……惨《むご》い」

一居が息を呑む。

「このままなら、沢原家は間違いなく取り潰しになります。遺された方々が頼る当てがあればまだ救われますが、それがなければ、路頭に迷いかねません」

汚名を着て果てた者の妻子、母親を周りが温かく迎え入れてくれるだろうか。沢原の妻女は実家に身を寄せられるのか。幼い娘は、老いた母はどうなる。

何度か沢原の妻女、加寿子《かずこ》と会ったことがある。

たいてい道場の稽古始めの日だった。

初稽古の後、門弟たちに汁粉を振る舞うのが、榊道場の恒例行事となっている。女たちが総動員で大釜に何十人分もの汁粉を作り、もてなすのだ。加寿子は毎年手伝いに来てくれた。白い紐《ひも》できりりと袖を絞り、きびきびと立ち働く様子はおちえの目にも快く映った。人目を引くような佳人ではないが、笑うと愛嬌《あいきょう》が零れるようで、こんな御内儀《ごないぎ》がおられるの沢原さまは、どうしてああまでむっつりできるのかしらと、首を傾げた覚えがある。

おちえが丸仙の娘だと知って、襷を解くと、

「これを見てくださいますか」

と、端をそっと差し出した。薄桃色の小梅の模様が刺してあった。仙助の刺繍に比べれば素人《しろうと》の手なのは一目瞭然《いちもくりょうぜん》だった。それでも、おちえは小梅の愛らしさ、柔らかさに和む気がした。

これが、加寿子さまのご気性なのだわ。

そう察すれば好ましい気持ちになって、つい微笑みたくなった。

覚えている。今、思い出した。

加寿子は今、どんな思いを味わっているのか。

おちえには一端なりとも窺い知れない。ただ、加寿子が地獄の責め苦に等しい心痛に、必死に耐えている。それだけはわかる。

耐え切れるか。耐え切れなければ、どうなる……。

おちえは立ち上がった。一瞬、ふらついた足を踏みしめる。

「親分さんに会ってきます」

「今からか」

源之亟がおちえを見上げ、瞬きした。

「今から行ってきます」

「どちらに行かれるつもりです」

一居が問うてくる。

「親分さんのお家《うち》です。確か……相生町の髪結い床で……」

「そこに行って、親分さんに会える見込みはありますか。親分さんが家にいるとは言い切れないでしょう」

「それは、でも……」

いなければ待てばいい。待てば……。しかし、いつまで待てばいいか見通しは立たない。

「文を出しましょう、おじょうさん」

「文を？　親分さんに？」

「ええ、娘殺しの一件でお話がしたい。親分さんの都合のよい日を教えてくれと認《したた》めるのです。親分さんの言付けてきたときにおとなえば、必ず会えます」

「でも、それじゃあんまり悠長だわ」

「焦ってもしかたありません。おじょうさん、これは一筋縄ではいかない事件ですよ。焦れば焦るほど、真相は闇の中に沈んでしまう。わたしはそんな気がします。だから」

一居の指が、おちえの手首を摑んだ。

温かな指だった。

「落ち着かねばならないのです」

「一さん。一さんは、本気で師範代の潔白を信じてくれるの」

「信じます」

「伊上さまが言ったように、師範代が狂っていたとは思わない？」

「思いません」

源之亟が手と首を同時に振った。

「おれは、そんなこと思ってないぞ。あれは、巷のうわさってやつだからな。そこのところを履き違えるな」

一居はうなずき、おちえは「わかってます」と答えた。

「下手人は他にいます。わたしは……沢原さまの死の後ろに、邪悪な意を感じるのです」

「邪悪な意？　一さん、それどういうこと」

一居は答えなかった。

口元を結び、空ろにも思える眼差しになる。

「一さん……」

風の音が強くなる。

風は雪に塗《まみ》れ、真白に染まっている。

おちえは無言で立っていた。一居も源之亟も黙り込む。

雪風と柴の燃える音が三人を包みこもうとしていた。

十一　風《ふう》雪《せつ》飛《あ》鳥《す》模《か》様《も》

相生町の『ゆな床』は、小体ながら表通りに店を構える髪結い床だ。仙五朗はその店の主でもあった。もっとも、二人の奉公人を使って店を切り回しているのは女房のお絹《きぬ》だが。

「あっしが岡っ引の仕事にかまけて日がな江戸市中を駆け回っていられるのも、実のところ、嬶《かかあ》のおかげなんでやす。だもんで、嬶には頭が上がりやせん。いつも、尻に敷かれてまさあ」

と、仙五朗は冗談口を利いた。

誰も笑わない。返事もしない。

一居が僅かに身じろぎしただけだ。

「まったくね」

仙五朗はため息の後、苦笑いを浮かべた。

「三人が三人、そんなおっかない顔を並べねえでくだせえよ。地獄のお裁きを受けてる亡者《もうじゃ》の気分になりやす」

おっかない顔？

おちえは思わず頬に手をやった。心なしかいつもより強張っているようだ。それに冷えている。指先も頬も冷え切って痛いほどだ。

座敷は狭いながら掃除が行き届き、塵《ちり》一つ落ちていなかった。火鉢では熾《おき》がさかんに火花を散らしている。五徳にかかった鉄瓶から、湯気が上がっていた。

寒くはない。外の凍てつきに比べると別天地のようだ。この温もりが客人を迎える心遣いだと気が付いた。母も凍える冬の日、客が来る前にせっせと炭火を熾していた。

お絹はしっかり者のうえに、気も回る果報な女房らしい。おかげで座敷は程よく暖まっている。仙五朗が手ずから淹れてくれたお茶は、やや濃すぎるけれど熱くて、身体の芯に染みた。

なのに、指先は冷えたままだ。ちっとも温もらない。

急《せ》く心のせいだろうか。騒ぐ胸内のせいだろうか。

さっき『ゆな床』を訪れた。仙五朗から今日の夕刻なら家に居ると連絡を貰ったのだ。一居も源之亟も一緒だった。一居が何を考え、源之亟がどんな想いを抱えているのか、おちえには推し量れない。自分の胸の内さえ、しかとは見通せないのだ。

信じられない。信じられない。これは間違っている。

その一念だけが渦巻いて、他の感情を呑みこんでしまう。仙五朗から何を聞きたいのか、自分が何を知りたいのか、わからない。何を聞いても、知っても沢原荘吾が生き返るわけもない。沢原が娘殺しの下手人であるわけがないと、強く信じはするけれど、では、どうやってその潔白を明かせばいいのか、見当がつかなかった。

もう、何もかも遅すぎるのではないか。今さら、じたばたしても詮無《せんな》いのではないか。

時折、心を掠める思いがある。その度に、沢原と交えた竹刀の手応えがよみがえる。手のひらが痺《しび》れるほどの剛力、骨に響く鋭さ、肉に応える重み。全てが生々しくよみがえってくるのだ。竹刀が風を切る音が確かに聞こえた。

信じられない。信じられない。これは間違っている。

よみがえった感触や音に煽《あお》られて、おちえは唇を噛む。

間違っているのなら正さねばならない。見当がつかないなら、がむしゃらでも突き進むしかない。突き進めば手立てが摑めるかもしれないのだ。

その一歩が、このおとないだった。

〝剃刀の仙〟なら何か知っているはずだ。おちえたちには触れられない真実の一端を手にしているはずだ。それを聞きたい。

「親分さん」

一居が膝を僅かに前に出した。

「沢原さまが娘殺しの下手人なのは確かなことなのですか」

仙五朗の視線がちらりと一居を舐めた。『丸仙』の奉公人の一人と、一居自ら名乗ってはいたが、それを仙五朗が鵜呑《うの》みにしていないのは明らかだった。

「でやしょうね」

そこで一息吐いて、話し始める。低いけれど、きちんと耳に届いてくる声音だった。

「正直、言いやすと、あっしにもよくわからねえんで。何しろ、お侍が関わってくるとなると、あっしたち町方には手の出しようがねえんで。この件は落着した、手を引けと言われたら抗《あらが》うわけにもいかねえ。ああ、そうですかと引っ込まなきゃあしかたねえんです」

「親分さんは納得していないわけですね」

仙五朗が顔を上げる。眼を細め、一居を見やる。

「唐突過ぎるとは思いやしたね」

「唐突とは？」

「おまえさんは誰だい」

それこそ唐突に仙五朗が問うた。口調が些《いささ》かだが尖《とが》る。

「ただの奉公人って感じはしねえが。だいたい、『丸仙』におまえさんみてえな若衆はいなかっただろう」

「一さんはいろいろ事情があって、ついこの前、うちに弟子入りしたんです」

おちえが答える。

「一さんのことより、沢原さまのことを教えてください。沢原さまが下手人だったなんて、あたしたち、どうしても信じられないんです。あたしたちは三人とも、沢原さまのことをよく知っています。どう考えても、どう見ても人を、しかも、か弱い娘を襲って殺すような方じゃないんです。だから、違ってます。下手人は沢原さまじゃありません」

「おちえさん」

仙五朗が湯呑みを手に、おちえの名を呼ぶ。ただ、それだけのことなのに、心の臓の鼓動が大きくなる。思わず「はい」と素直な返事をしていた。

「その沢原とは、どういう関わりなんでやすか」

「関わり？　関わりって……それは、道場の師範代で……」

「師範代と門弟、それだけでやすか」

「そうです」

他に何があると言うのだ。おちえは、仙五朗の眼差しを正面から受け止めた。

「そちらのお侍さん、伊上さんっておっしゃいましたかね。伊上さんも、おちえさんと同じなんで？」

それまで黙っていた源之亟が組んでいた腕をほどいた。

「そうだ。おれもおちえも榊道場の門弟で、師範代である沢原さんには厳しく鍛えられた。剣士としては一流の人だ」

「人としては、どうだったんでやす」

「人としてとは……」

「お人柄ってやつでさあ。どういう方だったんでやすか？」

源之亟の口元がへの字に曲がった。

沢原のことを源之亟は、さほど快く思っていなかったはずだ。執念深いだの、巳年生まれに違いないだのさんざん文句を言っていたこともある。陽気で闊達な源之亟にすれば、沢原は陰気で近づきかねる相手だったのだろう。

「それは……まあ、剣士そのものの寡黙で静かな……。剣は粘っこくて、本人そのものと言おうか……」

「なるほど。どっちかって言うと、陰気でしつっけえ性質のお方だったんでやすね。他人に好かれるって人柄じゃなかった」

「う……まぁ、そうとも言えるかもしれんが、しかし……それは」

源之亟が唇だけをもごもごと動かした。

「わかんねえもんでやすよ」

仙五朗の眼がその唇を見据える。

「人ってのは上っ面だけじゃわからねえ。おちえさんも伊上さんも、師範代としての沢原って男しか見てねえ。その裏にどんな顔が隠れていたかご存じねえでしょう。人ってのは一筋縄じゃいかねえ生き物でやす。一皮も二皮も被《かぶ》り物をして正体を隠してる。いや、本人さえ己の正体に気が付いてないことだって、多々ありやす」

「沢原さまが剣士の顔の下に、娘殺しの本性を隠していたとおっしゃるのですか」

一居が口を挟む。静かな物言いだったが、仙五朗は微かに眉を顰《ひそ》めた。それから、ひょいと肩を竦める。

「そういうことも考えられるって言ってんでさ。もう何年も前になりやすがね、懸想した女が意のままにならないのに腹を立てた男が、その女に毒を飲ませてもがき苦しむ様を笑いながら見ていたって事件がありやした。その男ってのが、評判の腕のいい医者でね。しかも、貧乏人には薬礼もとらず治療してやってたってんで、仏みてえなお方だって手を合わせていた患者が大勢、いやした」

源之亟があぁと声を漏らした。

「その話、聞いた覚えがあるぞ。仏の顔をした鬼がいたと一時、騒ぎになっていたな」

「そう、一時の騒ぎでやしたがね。一時騒いで、ぱっと忘れるってのが江戸者の気性でやす。けどね、その医者のおかげで命を救われた者は確かにいたんですよ。先生を死罪にしないでくれとあっしに頼みこんできた者さえいやした。そこまで本気で慕われていた男が、女を無残に殺せる。仏と鬼を抱え持つのが人ってもんでしょう。ここまで極端でなくても、人は幾つもの面をぶら下げて暮らしているわけでね、沢原だってりっぱな師範代って一面だけで生きてたわけじゃねえでしょうよ」

「しかし、親分さんは納得しておられぬでしょう。事の終息があまりに唐突過ぎると感じているのですね」

一居が再び言葉を挟み入れた。うむと仙五朗が唸る。

「どういう経緯で沢原さまは下手人とされたのですか。何か動かぬ証《あかし》でもあったのでしょうか。お聞かせ願えませんか」

一居に倣い、おちえも両手をついた。

「親分さん、お願いです。教えてください。人には確かに思いもよらない面があるでしょう。あたしたちが師範代の一面しか知らないのもその通りです。でも、でも……師範代とその医者とは違います。師範代は、沢原さまは下手人なんかじゃない。絶対に違います」

「しかしね、おちえさん、現に沢原は腹を切ってるんですぜ。下手人でなければなぜ、そんな真似をしたんです」

「それは……それは」

「疑われたのが無念だったのだ」

源之亟が身を乗り出す。

「師範代は誇り高い方だった。娘殺しの下手人に疑われたことに我慢できず、腹を切ったんだ。沢原さんならそれくらいのことはする」

「それなら遺書を遺すでしょう。己の潔白を訴える遺書をね。けど、そんなものはなかった」

「う……。し、しかし、下手人だと認めた遺書もなかったんだろう」

「己の罪を認めたくなかったのかもしれやせんよ。書き残しちまうと逃れようがありやせんからね。女房、子どもに顔向けができねえって考えたのかもしれやせんし」

源之亟の喉がくぐもった音をたてた。

「どうしても、師範代を下手人に仕立て上げるつもりか」

「つもりはありやせん。けど、あっしは岡っ引でやす。みなさんみてえに、情で動くわけにはいきやせん。沢原が下手人でないと言うのなら、そのための確かな証がいりやす。下手人なのかそうでないのか一つ一つ、丁寧に調べていかなくちゃならねえんで」

「親分さん」

一居が腰を浮かせた。

「それで詮議をし直してくださるのですか。そのお気持ちがあるのですね」

珍しく急いた口吻《こうふん》で畳みかける。今度は、仙五朗の喉が鳴る。

「親分さん、お願いします」

おちえはもう一度、両手をつき頭を下げた。それくらいしかできない。おちえは怖かった。自分がひどく怯えていると、やっと気が付いた。指先の冷たさはこの怯えのせいだ。

沢原の潔白を信じている。仙五朗がどう言おうと、意味もなく人を殺める者ではない。源之亟も一居も理屈でなく、心でそれを感じている。だからこそ、こうして仙五朗に縋っているのだ。ただ、おちえの中には沢原の濡れ衣を晴らしたい一念だけでなく、榊道場を守りたい思いがあった。このままでは榊道場は潰れてしまう。否応《いやおう》なく門を閉ざさねばならなくなる。

そんなの嫌だ。

道場はかけがえのない場所なのだ。もしかしたら、間もなく通えなくなるかもしれない。門弟を辞さなければならないかもしれない。でも、でも、榊道場はずっと門を開いていてほしい。竹刀の打ち合う音を、門弟たちの掛け声を通りに響かせていてほしい。道場はおちえにとって、娘時代そのものなのだ。

道場の閉門は、おちえの娘時代がすっぽり消え去ることでもある。

嫌だ。そんなの嫌だ。

「妙なんでやすよ」

仙五朗が呟いた。おちえの取り乱した心を咎めるような落ち着きがあった。

「今度の一件、どうにも妙な気がしてならねえんでやす」

湯呑みの茶を飲み干し、仙五朗はゆっくり口元を拭《ぬぐ》った。

「あっしは、ずっと娘殺しの件を追っていやした。今度だけでなく、昔の事件も含めてでやす。ええ、娘殺しは四年前にもありやした。同じ下手人だと言い切れやせんが、手口はまったく同じです」

おちえが道場通いをするきっかけになった事件だ。おちえが十二歳の春だった。五人もの娘が次々と餌食《えじき》になった。

「ええ、手口は同じです。娘を待ち伏せして、斬り殺す。手籠めにするとか物取りとかじゃねえ。下手人は娘の身体に指一本、触れちゃいねえんですよ。つまり……」

仙五朗が空になった湯呑みを握り締める。そこに、怒りが見えた。

「殺したいから殺している。ガキが虫や蛙《かえる》を殺して喜んでいるみてえに、人を殺して楽しんでいるとしか思えねえんですよ。昔も今も」

戯れに人の命を奪う。弄《もてあそ》ぶ。そういう者に仙五朗は憤っているのだ。許せないと感情を昂《たかぶ》らせている。

「早く、一刻でも早くとっ捕まえなきゃならねえ。こういう野郎は、どんどん大胆に、そして残酷になっていきやす。人を殺すのに慣れちまうんですよ。慣れればつまらなくなる。もっと激しい遊びがしたくなるもんです。今回、お信って娘は……」

仙五朗と目が合う。おちえは、深くうなずいた。

「はい。うちの職人さんの娘さんでした」

「そうでやしたね。あの娘……実のところ、そりゃあ惨い殺され方でやしてね……。身体中を何カ所も刺されてたんですよ。医者は心の臓の一突きで絶命していただろうと言いやした。だから、下手人は死体になった娘を何度も突き刺したわけでやす」

「まあ……」

おちえはそれっきり何も言えなくなった。

お信の遺体はそんな惨い有り様だったのか。

「下手人は、殺すだけじゃ飽き足らなくなったんですよ。娘をめった刺しにしなくちゃ気が済まなくなった。あっしは内心、焦りやした。これ以上、下手人を野放しにしとくわけにはいかねえと、必死でやした。そんな折、おちえさんが男に襲われかけたと聞いたんでやす」

「ええっ」

源之亟が頓狂《とんきょう》な声をあげた。

「お、おちえ、おまえ男に襲われたのか」

「襲われそうになっただけです。道場からの帰りで竹刀を持ってましたから、何とか切り抜けられたんです」

「軽く切り抜けられたようでやすよ。いや、おちえさんを襲った男は半端なやつで、娘殺しとは何の縁《ゆかり》もありやせんでした。男の方はね。けど、そいつが持っていた匕首《あいくち》はちょっと因縁《いんねん》があったんでやす」

「因縁?」

おちえと源之亟の声が重なった。

「ええ、匕首は娘殺しと関わり合いがあったんでやす」

おちえ、源之亟、そして一居。三人の若者を順に見やりながら、仙五朗は静かに一つ、首肯した。

匕首。

作助という男が握っていた九寸五分の刃物を思う。

作助は少しも怖くなかった。

眼つきも、構えも、気配も全てがだらしないほど弛緩《しかん》していた。おちえならずとも、少しはしこい娘であるなら楽に逃れられたはずだ。しかし、匕首の方は……。妙に禍々《まがまが》しくはなかったか。青白く底光りして、見る者の胸を騒がすような不気味さを纏っていはしなかったか。

おちえは我知らず、生唾《なまつば》を飲み込んでいた。

「その匕首が娘殺しの凶刃であったわけですか」

一居が淡々と尋ねる。

「じゃねえかと、あっしは睨んでやす。作助、おちえさんを襲った男でやすがね、そいつの言うには、匕首は拾ったんだそうで」

「拾った……」

その一言が苦味を含んでいるように、一居は唇を噛んだ。

「どこで、どこで拾ったんです」

おちえは身を乗り出す。

「それが、作助本人ははっきりと覚えてねえんです。両国橋《りょうごくばし》を本所《ほんじょ》に向けて渡った覚えは微かにあるが、その後、どこかの店にしけこんで酒をあおり、ふらふら歩いてたってんですからどうにもなりゃあしませんよ」

一居の、僅かに俯《うつむ》いていた顔が上がる。

「作助本人は覚えていない。それは、親分さんには匕首が落ちていた場所がわかっている。そういうことですか」

仙五朗の眉が寄る。

「一さんとやら、やけにお頭《つむ》の回りの速《はえ》え御仁だな。こりゃあ、迂闊《うかつ》なことは言えねえやな」

眉を開き、小さく笑い、仙五朗は話を続けた。

「一さんの言う通り。だいたいのこたぁ当たりをつけてやす。おそらく、一の橋のたもとでやしょ」

「なぜ、見当がついたのです」

「橋のたもとで人とぶつかった。作助が、そう言いやした。ええ……しこたま飲んで、それでも家のある太郎店に向かって歩いていて、一の橋に差し掛かったとき、黒い影とぶつかったんだそうでやす。おそらく作助の足がよろけたんでしょうよ」

おちえは胸を押さえた。

心の臓が激しく鼓動を刻む。息が痞《つか》える。

「影とぶつかって、作助は尻もちをついてしばらく起き上がれなかったんで。まあ、酔っ払って身体が思うように動かなかったってのもあるでしょうがね。で、作助がじたばたしているうちに、その影は闇に紛れちまった。作助としちゃあ罵《のの》りも喚きもしたかったんでしょうが、いかんせん、尻をしたたかに打ってるもんでろくに声も出せず、そのあたりから覚えがまた、あやふやになっちまって。気がつけば、朝になってたんですとさ」

「一の橋のたもとで寝ちゃったんですか」

問うてすぐに、おちえは思い直した、

それはないだろう。

この冷え込みだ。寝入ってしまえば凍え死ぬ。

「それが、目が覚めたらちゃんと家の中で万年夜具に包《くる》まってたって落ちでやすよ。誰が連れ帰ってくれたわけでもねえ。己の足で帰ってきたわけなんで。『女房の後を追って死にてえって思ってるのに、なんで、知らぬ間に夜具に潜り込んでんでしょうかねえ、親分』なんて潮垂《しおた》れ顔で聞いてくるもんで、頭を引っ叩《ぱた》いてやりやした。自分の生きてえって気持ちさえわかんねえなんて、情けないのも甚だしいじゃねえですか。まあ、それに気が付くようなら、おちえさんを襲ったりはしなかったでしょうよ。いくら、曰《いわ》くありげな匕首を手にしたとしてもね」

「え？　親分さん、じゃあ匕首は……」

「へえ、夜具の横に転がってたんだそうです。ぶつかったとき、相手の懐から落ちたんでやしょうね。それを作助は拾った。ほとんど覚えのないままにね。物騒な代物を拾っちまったと、最初はどこかへ捨てるつもりだったのに、鞘《さや》から引き抜いて見ているうちに、ぞくぞくしてきたんだそうでやす」

仙五朗は手を回し、自分の背中を軽く叩いた。

「手入れの行き届いた、いかにも切れそうな刃だったんですよ。鞘から抜いた刹那《せつな》、ふっと血が臭ったとも言いやしたね。あっしも、この眼で見やしたがね、確かに、よく磨かれた切れ味のよさそうな刃でやした。おちえさんに匕首のことを言われて、正直、叫びそうになりやしたよ。それまでは、作助はただのはんちく野郎、殺しなんかと関わりがあるわけがないと思い込んで、匕首の出処《でどころ》なんぞ気にもしなかった。それが……作助を問い質《ただ》したら、匕首がらみで正体の知れねえ鵺《ぬえ》みてえなやつが浮かんでくるじゃねえですか。自分の間抜けさに、ほとほと嫌気がさしやしたよ。何で、もう少し早く思い当たらなかったんだって、ね」

仙五朗はそこで奥歯を嚙み締めたようだ。頰のあたりが俄《にわ》かに強張った。

「ちょっと、待て」

それまで黙り込んでいた源之亟が口を挟む。

「今の話はつまり、その匕首は尋常ではない、つまり……怨念《おんねん》が取り憑《つ》いた凶刃であって、その作助とかいう男は悪気《あっき》に中《あ》てられ我を失って、おちえを襲った。ということだな」

「違《ちげ》えやすよ」

仙五朗が即座に否む。おちえは源之亟の膝を、音が出るほど強く叩いた。

「伊上さま、御伽草子《おとぎぞうし》じゃないんですから、匕首が人を操ったりするものですか。匕首だって、しゃもじや縫い針と同じ道具です。道具は人が扱う物。人次第で役にも立てば、凶刃ともなります。ほんとに、子どもみたいなこと考え付かないでくださいな」

「しゃもじは、どう扱っても凶刃にはならんだろう」

おちえに叱られ、源之亟は辛うじてそう言い返した。

「その通りでやすよ。しゃもじじゃ人は殺せやせん。しかし、匕首なら殺せる。お侍さんが腰に佩《は》いているお刀なら、もっと容易《たやす》く殺せやす。そして、人を殺せば、どんな刃物でも凄味《すごみ》を帯びてくるもんなんでやすよ。もう二年も前になりやすかね。さる料理屋の料理人が出刃包丁で、その店の女将《おかみ》を刺し殺した事件がありやした。二人はわけありの仲でやしたが、女将の方が飽いて料理人を店から追い払おうとしていたらしくてね、まあ、男と女の縺《もつ》れってやつです。そう珍しい話じゃねえ。けどね、その出刃包丁は、もう包丁じゃなくて人殺しの道具になっちまったんです。他の包丁とは、明らかに違っておりやしたよ。ええ、刃《やいば》ってのは一度でも人の血をすると、まったく別の物に変わっちまうんでやす。人も刃も同じ。殺すことに、人の血ってものに慣れて……求めるようになるんじゃねえんですかい。これも御伽草子だと嗤《わら》われるかもしれやせんが、あっしはどうしても、そう思っちまうんで」

殺すことに、人の血に慣れてしまう。

嗤えない。

仙五朗の語りには伸《の》し掛かる重みがあった。嗤い飛ばせるわけがない。代わりに、背中がうそ寒くなる。それを気取られたくなくて、おちえはこぶしを握った。

一居が仙五朗に顔を向けた。

「では、匕首がそこまで禍々しいというのはその持ち主、つまり、ぶつかった黒い影が禍々しい者であるわけですね」

「あっしは、そう見てやす」

「娘殺しの下手人だと」

「そうでやす」

「他に何があるのです」

一居が問いを重ねる。仙五朗の眉が微かに上下した。

「親分さんが、匕首の様相からだけで影を娘殺しの下手人と決めつけた、とは、とうてい思えません。それではあまりに曖昧過ぎる。もっと別の、決め手があったのではありませんか」

仙五朗が笑った。苦笑いだ。

「一さん、おまえさん、あっしの手下《てか》になる気はねえかい。それだけお頭の巡りがよけりゃ、いい岡っ引になれるぜ」

苦笑いを引っ込め、一度、大きくうなずく。

「その夜、娘が一人、一の橋近くで殺されやした」

「ええっ」

おちえは腰を浮かせていた。源之亟も中腰になっている。一居は座したまま低く、何かを呟いた。

「続けて二日後、また殺《や》られやした」

二人も、まさか。

「そんな話、聞いてないぞ」

源之亟がしゃがれた声を出した。

「おちえ、おまえは知っていたのか」

いいえとかぶりを振る。知らなかった。二人も、若い女が鬼の生贄《いけにえ》になっていたのか。

「親分さん……それは、あの……」

「へい。お信を殺したやつの仕業でやす」

「でも、それならもっと騒ぎになるはずです。ええ、大層な騒ぎになるはずです」

お信のときもそうだった。

読売たちが事件をおもしろおかしく書き立て、人々は競って瓦版《かわらばん》を手に取り、読み耽《ふけ》っては騒ぎたてていた。そのうち話に尾鰭がくっつき、妙な具合に膨れ上がり、お信は五体をばらばらにされていたの、生首が柳の枝にぶら下がっていたの、夜な夜な泣きながら彷徨《さまよ》っているだの、おどろおどろしい作り話が幾つもできあがっていたのだ。そんな騒ぎが、お信の両親、正造とお美代をさらに打ちのめしてしまった。今でも、正造は丸仙に顔を出していない。うなだれたまま裏長屋の一室でしゃがみ込んでいる。

しかし、今回は誰も騒がない。おちえどころか地獄耳のお滝でさえ、何も知らない風だった。二人も殺されたのに。

そんなことが、あるだろうか。

「二人とも武家の娘だったんでやす」

おちえの戸惑いに答えるように、仙五朗が短く言った。

「まあ、お武家の……」

「ええ、あいつは町方でなく武家の娘を殺《や》ったんですよ。一人目はさる旗本の娘でやした」

一居と顔を見合わせる。

「殺されたのは、御船蔵《おふなぐら》の裏手でやす」

と、仙五朗は続けた。おちえは唾を飲み込んだ。また、鼓動が激しくなる。

「いや、娘は喉元から脇腹にかけて袈裟《けさ》がけに斬り殺されていやした。あの傷跡は匕首じゃなく、太刀《たち》のものでやす」

「匕首でですか」

息が詰まった。声も出ない。

おちえは目を見開いたまま、仙五朗を見詰めていた。

「しかし、夜も更けた刻に、武家の娘が供も連れず町に出てくるとは考えられませんが……」

一居が首を傾げる。語尾が細くなり、淡々と消えた。

御船蔵の辺りは、暑気のころなら結構な人出がある。川風に涼むためだ。それを目当てに夕暮れどきには葦簀《よしずば》張りの水茶屋が並ぶ。しかし、木枯しが吹き渡る季節にうろつく者はそうはいない。大川からの風は身を切るように冷たかったろうし、闇は濃く深かったろう。

「それなりの理由があったんでやすよ。娘は親の目を盗んで家を出ていやした。どうやら男と逢引《あいびき》の約束をしていたようでね」

逢引。生々しい一言におちえの頬が火照った。

「その逢引の相手は？」

「わかってやす。留三郎《とめさぶろう》という役者崩れの男でやした。どこでどう、武家の娘をたぶらかしたのか。まあ、ちょっとした色男なのは確かで、この面《つら》があれば武家の娘だって手に入ると日頃から公言していて、それを本当にやっちまったってんですから始末が悪いやね。で、あの夜も……まあ、留三郎に言わせれば娘の方から逢いたいと文《ふみ》が来たんだそうでやすが。その文は確かに娘の手のようでやした。留三郎は武家の娘を適当に食い散らかして、おさらばって腹づもりだったようでやす。娘には縁談が持ち上がってやしてね。同じ旗本の、実家よりはずっと大身の家の総領息子に嫁ぐことが、ほぼ決まっていたんでやすよ。留三郎はそれを潮に娘と別れる腹づもりでやした。あんたの幸せのために身を引くぜと、下手《へた》な芝居をうつ気だったんでやすよ。ところが娘はとことん本気だった。男の実《まこと》を毛一筋も疑ってなかった。それだけ初《うぶ》かったんでやしょうかねえ。文には一緒に江戸から逃げようとまで書いてありやしたからね。あ、いや違いやすよ」

仙五朗は三人に手のひらを向けた。

「その総領息子も留三郎も殺しには関わっていやせん。それは、調べ上げやした」

「留三郎って男、逢引の場所に来なかったんですね」

おちえは仙五朗の手のひらを睨みつけた。痛みを感じたかのように、仙五朗は慌てて手を下ろした。

「そうなんで。文があまりに一途《いちず》なもんで、愛《いと》しいより怖くなったってのが留三郎の言い分でやしたね。そのくせ、娘の文を肴《さかな》に一晩中、仲間と飲んでたんでやすからねえ。どこまでも性根のくさった屑男《くずおとこ》でやすよ。面がひん曲がるほど、ぶん殴ってはやりやしたが」

寒く暗い闇に包まれ、娘は決して来ない男を待っていた。さほどの大身でないとはいえ、旗本は旗本、武家は武家だ。娘の身で日が落ちてから忍んで外に出るなどと、命懸けの決意であっただろう。命懸けの想いを反故《ほご》にされたばかりか、無残に殺された。

近づいてくる足音を娘は愛しい男のものと聞き違えたのではないか。聞き違え、胸を躍らせたのではないか。やっと、あのお方が来てくれたと。

哀れな……。

不実な男の罪は娘を手に掛けた下手人と、どれほどの違いがあるだろう。こぶしの一撃だけで赦《ゆる》されていいのだろうか。

「この娘、おちえさんほどじゃねえですが、小太刀を遣えたんだそうで。下手人もお信たちみてえな町娘と勝手が違ったんでやしょうね。まさか、夜の川岸に武家の娘がいるとは考えてもいなかったんでやしょう。手強《てごわ》く刃向かわれて慌てた。娘が倒れていた辺りは、草が踏みしだかれて争った跡がくっきり残ってやした。愚図愚図している暇はない。で、下手人は匕首より慣れた刀に手をかけざるを得なかったんでしょうよ」

一居が大きく息を吐き出した。

「下手人は町人ではなく、武士であったと……そういうことですか」

「そうでやす」

仙五朗ははっきりと答えた。

「町人が刀を手にしていれば目立ちやす。匕首のように懐に仕舞いこめる代物じゃねえですからね。けど、お侍なら腰に佩《は》いているのは当たり前。誰も怪しみはしやせんよ。あっしたちは、娘殺しの下手人を町人だとばかり思ってそっちを追いかけていた。けど、下手人がお侍ならまるで方向違《ちげ》えだ。手掛かりが摑めねえのはそういうわけだったのかと、納得しやしたよ。しかし、そうなると、もうあっしや同心の旦那の手には負えなくなる。どうにも手の届かねえとこに行っちまうってこってす」

仙五朗が睫毛を伏せた。

町人と武士。同じ江戸で暮らしながら、生きている場はまるで違う。従うべき則《のり》も、沿うべき心得も、裁かれる拠《よ》り所《どころ》も、何もかもが違ってくるのだ。その違いを越えることは禁忌である。一居のように一線を飛び越える者は稀《まれ》なのだ。武家から町人へ、一居は越えてはならない一線を越え、それ故に二度と武家には戻れない身となった。それでも、命まではとられない。町方の仙五朗が武家の側に踏み込むとなると、まず生きてはいけない。絶対に許されない仕儀《しぎ》なのだ。

殺された娘も恋慕の情に煽られて越えようとした。そして、越え切れず息絶えた。

「騒ぎにならなかったのは、殺された二人が二人ともに武家の女だったからでやす。しかも、二人目はなかなかの大身の娘でやした。一人目の娘の事情だって世間に晒《さら》せる類のもんじゃねえ。武士の面目《めんぼく》ってやつですかね。親たちが必死に揉《も》み消して、結局、病死って届を出しちまったんですよ」

「しかし、しかしな」

源之亟が身を乗り出す。

「下手人が武士だとして、どうしてそこに師範代がからんでくるんだ。江戸には武士は掃いて捨てるほどいるぞ。おれだって、その一人だ」

「その話をしやすよ。二人目の女にかかわっているんで」

息を荒くする源之亟をちらりと見やり、仙五朗は心なし声音を低くした。

「その女はかなりの大身の旗本の娘でやした。娘と言っても二十《はたち》をとうに超えていて、病身を理由に嫁ぎ先を離縁されて戻ってきた、まあ、あっしたちの言うところの出戻り女なんで。殺された経緯は前の娘とよく似てやす。つまり、夜、一人で屋敷の外に出ていて殺されたんで。どうも、こっちも男絡みのようで。ええ……男に呼び出されて、夜更けにそっと屋敷を抜け出たんでやす」

「なぜ、そう思うんだ」

源之亟の語調が尖る。話が沢原に近づいていると感じ取っているのだろう。おちえも同じ思いに指先が震えた。

「やっぱり文でやした。今度は男から女への文が、出てきたんでやすよ。斬り殺された女の懐からね。ええ、女はやはり袈裟がけに斬られていやした。今度は抗った跡はまるでなかったですがね。真正面からばっさりでさ」

源之亟が何か言いかけたが、口をつぐんだ。おちえも一居も、黙り込む。仙五朗の声だけが、こざっぱりと片付いた座敷に響いた。

「その文を書いたのが、そちらの師範代なんでやすよ」

「まさか」

源之亟が目を剝《む》いた。

「し、し、師範代が文で女を呼び出しただと？　そんな馬鹿なことがあるか。あ、あるわけがなかろう」

「何でねえと言い切れるんでやす」

「な、何でもだ。あ、当たり前だろうが。師範代にはご妻女もお子もおられるのだ。不義はお家の御法度《ごはっと》だぞ。他の者ならいざ知らず、あの師範代が、沢原さんがそんなことを……不義密通などと、そんなことをするわけがなかろう」

「しかし、女を呼び出す文には名が記されておりやしたよ。沢原と確かに、ね」

「いや、それは、まさか……」

源之亟の口が忙《せわ》しく動く。動くだけで声は出てこない。餌《えさ》をねだる鯉《こい》のようだ。

「文で呼び出せるのなら顔馴染みであったということですね。それもかなりの。顔を知っている程度で、その女人が逢いに行くとも思えませんから」

一居が組んでいた腕を解いた。

「そ、そうだ。考えてもみろ、大身の旗本の娘と沢原さんが、どこでどう結びつく？　結びつくわけがあるまい」

源之亟が胸を反らし、鼻から息を吐き出す。

「男と女なんてのは、どこでどうくっつくかわかりゃしやせんよ。留三郎みてえな遊び人に溺《おぼ》れる武家の娘がいるんでやすからね。しかし、まあ、おたくの師範代と女が知り合った経緯はわかってやす。女には弟がおりやしてね、今のご当主なんでやすが、その方の剣の師範を頼まれて屋敷に出入りしてたんですよ。女が嫁ぐちょいと前に辞めてはおりやすが……。実はね、あっしは旗本の屋敷に奉公していた女中や中間《ちゅうげん》をできる限り捜し出して話を聞いてみたんでやすよ。その内の一人が、下働きの女中として数年奉公にあがってたって女でしたが、その女中が一度だけだが、女と沢原さまとが寄り添って話していたのを見たってんです。曰く『あれは間違いなく、お互いを憎からず想っている男と女だった』そうです。むろん、真偽のほどはわかりやせん。万が一、そういう仲であったとしても昔のこってす。女も沢原もまだ独り身のころですからね、別に不義を犯したわけじゃねえ。身分は違い過ぎたかもしれやせんが……。まあ、そのへんは置いといて、どうです、伊上さま、上手いこと繋《つな》がってるとは思いませんかね」

源之亟は小さく唸ったきり、押し黙った。

「文は確かに沢原さまの手跡だったのですか」

一居の問いに、仙五朗が顎を引く。

「どうでしょうかね。さっきも言いやしたが、この一件、あっしたち町方の手は放れちまった。正直、詳しいことはわかりやせん。今、偉そうにいろいろ語りはしましたがほとんどが、同心の旦那からの又聞きに過ぎねえんで。その旦那だって上辺のことしか知らされちゃあいねえでしょう。武家が絡んだとたん全てが闇の中、でやすよ」

仙五朗の面に苦渋の色が走った。淡々としゃべってはいるが、その実、腹の中が煮えくりかえる思いなのだろう。

突然に、追い掛けていた下手人が消えた。いや、隠された。その口惜しさ、腹立たしさ、無念さ……仙五朗が耐えていたものに、おちえはやっと心を馳せることができた。

「ただ、手跡を調べるぐれえは調べたでしょうが、女の懐に入っていた文は血だらけでやした。あれで、手跡が確かめられるのかどうか心許《こころもと》ねえ気はいたしやす」

「それでは、文が本当に沢原さまの書かれたものかどうか確かめる術はないと、親分さんもお考えなのですね」

「そうでやす」

これ以上ないほどあっさりと、仙五朗は認めた。

「それなら、師範代が下手人である証などどこにもないではないか」

源之亟が必死に食い下がる。

「下手人でないなら、なぜ、腹を切ったんでやす」

「うっ、そ、それは……下手人と疑われて我慢ならなかったのだ。汚名を雪《そそ》ぐために一命をささげて……」

「汚名を雪ぎたい者が一言の申し開きもせずに、黙って死んだってわけですかい」

仙五朗が静かにかぶりを振った。

「駄目でやすよ、伊上さま。沢原は自害したことで罪を認めたとみなされてやす。これで、全てが幕引きされちまいまさあ」

駄目でやすよと、仙五朗は繰り返し呟いた。

「う、ぐ……。そんな、そんな馬鹿な……」

源之亟がくぐもった嗚咽《おえつ》を漏らす。

「師範代が……そんな……」

涙が粒になり、畳の上に滴った。源之亟が泣く姿をおちえは初めて目にした。

あたしは泣かない。

奥歯を噛み締める。

違う。違う。何かが、どこかが間違っている。

このまま、闇の中？　全部、幕引き？

そんなこと赦されるのか。けれど、赦さないためのどんな手立てがあるのか。

「親分さん、もう一度だけ手繰《たぐ》ってみてはどうでしょう」

一居の一言に、仙五朗の背筋が伸びた。

「手繰るとは？」

「下手人に繋がる糸を引いてみるのです」

「一さん、おまえさんは手繰るその手立てを持ってると言うわけか」

「いえ、そこまでは言い切れません。しかし、引っ掛かっていることはあります」

「と、言うと」

「まずは、伊上さんのこと、そして、作助という男も」

源之亟が顔を上げた。鼻水と涙に塗《まみ》れ、榊道場の四天王と称された面影はどこにもない。

おちえは懐紙をそっと手渡した。

「すまぬ、おちえ。吉澤……でなくて、えっと、一だな。一、おれがどうしたって？　おれの何に引っ掛かってるって？」

「はい。そのことなのですが……」

一居が声を低くする。耳をそばだてないと聞き取れない。

おちえも仙五朗も源之亟も、引き摺《ず》られるように一居に向けて身体を倒した。


仙助の怒声が聞こえる。

「てめえ、どういう料簡なんでえ。弟子入りしたばかりの半端者が一刻ちかく仕事場に帰ってこねえなんて、ふざけるのもたいがいにしやがれ」

よほど腹に据えかねているのか、仙助の声がさらに険しく、大きくなっていく。

「わかってんのか、一、てめえがその程度の根性なら、この先は続かねえぜ。縫箔の仕事を舐めんなよ」

　我慢できなかった。

　袖を括《くく》っていた紐を解き、おちえは父の部屋に飛び込んだ。お滝は買い物に出かけ留守だ。止める者はいない。

「おとっつぁん、待ってよ。一さんを責めないで。一さんは、何にも悪くないんだから」

「うるせえ」

　仙助が怒りの形相のまま、怒鳴る。

「女の出る幕じゃねえ。すっこんでろ」

「いいえ、引っ込みません。おとっつぁん、一さんは決して言い訳をしないだろうから、あたしが言わせてもらいます」

　一居がうなだれていた顔を上げ、横に振った。

「止めてください。おじょうさんは関わりありません」

「そうだ。女だてらにしゃしゃり出てくるな。このじゃじゃ馬が調子にのりやがって」

「うるさい！」

　おちえの一喝に、男二人の口がぴたりと閉ざされた。

「さっきからおとなしく聞いてれば、何よ。調子にのってんのは、どっちなの。女の出る幕じゃない？　女だてらに？　おとっつぁん、よくもそんな口が利けるね。おとっつぁんの仕事を支えてんのは誰よ。ほとんどが女じゃないの。女の着る物、身に着ける物を飾るのが縫箔の仕事でしょうが」

「は……いや、まあ女物だけじゃなくて、化粧回しなんかは力士の……ぬ、縫紋《ぬいもん》だって……」

「女を馬鹿にして、縫箔職人が務まるのかって聞いてんの」

「いや、そりゃあ誤解ってもんだぜ。おれは、ちっとも馬鹿にしてなんかいねえよ。女……の方々あってこそと、いつも心の内で手ぇ合わせてるぐれえだ」

「ほんとに？」

「ほんとだ。おれが嘘と韮《にら》が大嫌《だいきれ》えなのは、おまえだってよく知ってんだろうが」

おちえはそこで、居住まいを正した。

「おとっつぁん、今日、一さんの帰りが遅くなったのは、あたしのせいです。あたしが、仙五朗親分のところに付いていてきてもらったの。そこで思ったより長居をしてしまって。申し訳ありませんでした」

両手をつき、頭を下げる。

「何だと。おめえたち一緒に出かけてたのか。そりゃあいってえ、どういう料簡で……。うん？　待て、仙五朗親分だと？」

「はい」

「二人して、親分を訪ねたってわけかよ」

「三人よ。榊道場の伊上さまも一緒だったの。だって、大変なことになっちゃったんだもの。うちの師範代がお腹を召され……それで、下手人の濡れ衣まで着せられてしまって。ね、もう、本当にめちゃくちゃなの。酷いでしょ」

仙助が顔をしかめた。戸惑いがありありと浮かぶ。

「おめえの話の方が、よっぽどめちゃくちゃだ。さっぱりわけがわかんねえ。一、ちゃんと通じるように話してみろ」

「あ、はい……」

沢原の自死から始めて、『ゆな床』の座敷でのやり取りを一居は手短に要領よく、伏せるべきところは伏せて語った。

「娘殺しの下手人捜しだと？　おめえたち、そんな物騒なことに鼻を突っ込んでたのか」

聞き終えて、仙助の面が強張る。

「物騒なことにはならない。仙五朗親分がついてるんだもの。あたしたちは、ほんのちょっぴり親分の手伝いをするだけ」

「その手伝いが物騒だと言ってんだ。冗談じゃねえ、止めろ。万が一のことがあったらどうすんだ。あらごめんなさいじゃ済まねえぞ」

「また、殺されるかもしれないのよ」

仙助ににじり寄る。その膝に手を置く。

「本当の下手人をこのままにしておいたら、また、娘を殺すかもしれない。あたしと同じ江戸の娘が犠牲になるかもしれないの。ううん、必ずそうなる。親分が言ってたわ。この下手人は人を殺すことを楽しんでいる。楽しんで、止められないんだって。ここで、一旦《いったん》おとなしくなっても、また、いつか殺しを繰り返すかもしれないの。おとっつぁん、このままにしておいちゃ、駄目なのよ。もう誰も殺されちゃ駄目なの」

「しかし、だからといって……」

「おとっつぁん、お願い。もう少し、もう少しだけ、あたしと一さんに刻《とき》をちょうだい。絶対に危ない真似はしない。このままじゃ、沢原さまもお信ちゃんも、殺された娘たちも浮かばれない。正造のおじさんだって……沢原さまの奥さまだって……。このままにしとくわけにはいかないの」

　おちえを見詰め、仙助は長い吐息を零した。

「おめえがそういう眼をしているときは、何を言っても無駄なんだよな。梃子《てこ》でも自分の考えを変えねえんだ」

「おとっつぁん……」

「おれだってお信や正造が哀れだ。下手人がとっ捕まれば安心もできる。だから……一《いち》」

「はい」

「このじゃじゃ馬を守ってくれるか」

一居が深くうなずく。

「はい」

「弟子の修業の範疇《はんちゅう》を超えちゃあいるが、しかたあるめえ。おめえしか頼りになるやつはいねえんだ。頼むぞ」

「はい」

「ただし、絶対に剣呑な真似はするなよ。それと、指を傷付けるな。針が持てなくなったら大《おお》事《ごと》だ」

「はい」

もう一度、一居はうなずいた。

おちえも首肯する。

胸の奥が熱かった。

こんなに広かっただろうか。

榊道場の稽古場に立ち、おちえは涙ぐみそうになる。

床には薄《うっす》らと埃が積もり、人気《ひとけ》はまったくない。

こんなにも広くて、こんなにも淋しい場所だっただろうか。

あの活気は、あの賑《にぎ》やかさはどこに消えてしまったのか。

悲しい。淋しい。悔しい。でも、今は前を見据えなければ。

どたどたと足音がした。

源之亟が入ってくる。一歩遅れて、八槻要が現れた。

「おお、おちえ、久しぶりではないか」

おちえを一目見るなり、童顔をほころばせた。が、すぐに、口元を引き締める。

「とはいえ、もうここでの稽古はできぬな」

「八槻さま、やはり、道場は……」

「うむ。間もなく正式に閉門の御沙汰が下るそうだ。榊道場は……終わった」

語尾が震える。

「今さら嘆いても詮無いが、沢原さんはどうして……。おれはまだ、現《うつつ》のこととは思えん。悪い夢を見ているようだ」

「八槻、そのことなのだが」

源之亟が要の袂《たもと》を引いた。

「沢原さんが殺したという旗本の息女のこと、おまえ何か知らないか。うわさでは沢原さんが剣の師範をした男の姉ぎみだったとか」

要が目を見開いた。

「直江《なおえ》どののことをなぜ……」

「直江どのというのか。いや、おれの周りで大身の旗本の子弟といえば、おまえしかいないからな。何か知らぬかと思ったのだが、ぴたり的中したわけか。どういう関係だ」

「……遠縁にあたる。優しい方で小さいころ、何度か遊んでもらった覚えがあるな。その程度だが……」

「出戻りだったと聞いたが」

「伊上、そんな言い方をするな。直江どのは嫁いで何年経っても子ができなかったのだ。それを直江どのの病身のせいにされて戻されたらしい。よくある話だが、気の毒だった」

要の顔つきが俄かに暗くなる。源之亟は表情を崩さず、問い続けた。源之亟の言う通り、要しか縋る相手はいなかった。知りえることは全て知りたい。源之亟の焦りや逸る気持ちが、おちえにも伝わってきた。

「沢原さんと直江どのは、想い合った仲だったのか」

「ええっ」

要が大きく口を開いた。

「そ、そんなことまで漏れてるのか」

「やはりそうなのか」

「知らん。おれは知らん。ただ、一度、直江どのが道場に訪ねてこられて……その折に……」

「ふむ。その折に？」

「沢原さんに文を渡すように頼まれた。一度だけな」

「何の文だ」

「知るか。他人の文を盗み読むような卑劣な真似はせん」

要の口調に怒気が混ざる。

「さもありなん。しかし、果《はた》し状《じょう》や催促状の類ではあるまい」

「だから、知らんのだ。おい、伊上、おちえ。おまえらいったいどうしたんだ。今さら、何をやろうとしてる」

「師範代の無念を晴らす」

源之亟がこぶしを突き出す。

「八槻、おまえは信じられるか。沢原さんが娘殺しの下手人だと本気で信じているのか」

「それは……」

「おれは、信じられん。おちえも同じだ。だから、おれたちで詮議をし直すんだ。八槻、考えてみてくれ。直江どのの周りに怪しい男の影はなかったか。何か感じるものはなかったか」

「そんなことを急に言われても……。遠縁とはいえ、ほとんど付き合いはなかったしなあ……」

「どんな些細《ささい》なことでもいい。思い出してくれ」

八槻は首を捻《ひね》り、唸った。

「そうは言われても……。いや、おれだって沢原さんの潔白は信じたい。しかし、黒を白にひっくり返すのは至難だ。何か手立てがあるのか」

源之亟とおちえは顔を見合わせた。おちえが答える。

「もしかしたら一つだけ、ございます。作助さんという男が思い出してくれさえしたら、ひっくり返せるかもしれません」

「作助？」

「はい。八名川町の太郎店に住む数珠師です。御船蔵の裏手でお武家の娘が殺された夜、下手人らしき男とぶつかり、匕首を拾いました。娘殺しに使われていたものです。そのとき、作助さんは酔っ払っていて何も覚えてないようでした。でも、一瞬だが下手人の顔を見た気がするのだそうです。その顔さえちゃんと思い出してくれたら……」

「作助は酒を抜いて、必死に思い出そうとしている。もし、上手くいけば、沢原さんの無念を晴らすことができる。その前にできるだけのことを知りたい、集めたいのだ。頼む、八槻。力を貸してくれ」

源之亟が要の肩を摑む。

要は源之亟を見上げた。それから、おちえに視線を移す。

双眸《そうぼう》が潤んでいた。

「伊上、おちえ、すまぬ」

一歩、下がる。源之亟の手が外れた。

「本当にすまぬ」

「八槻……」

「おれは、婿入りが決まった。八槻家と同格の家だ。これで……これで、やっと部屋住みの暮らしから逃れられる。だから、すまん。今さら、面倒事に巻き込まれるわけにはいかんのだ」

頭を下げ、身を翻し、要は道場を出ていった。一度も振り返らなかった。追われる者のような素早さだった。

「婿入りか」

源之亟が呟く。

「そういう事情なら、おれだって断るかもしれんな」

「いいえ」

おちえは首を横に振った。

「伊上さまなら、婿入りの話を反故にしても動いてくださったでしょう」

「おちえ、おまえ、そこまでおれを信じてくれるのだな」

「はい。信じております。伊上さまに、良い婿入り話などはこないでしょうが」

「おまえな、おれを褒めているのか貶《けな》しているのか、はっきりさせろ」

おちえは少しだけ源之亟に笑いかけた。

武者窓から差し込む光に舞い上がった埃が煌《きら》めく。

埃なのに美しい。

もうここで、竹刀を交えることはない。それは、おちえの娘の日々が終わったことでもある。

汗に塗《まみ》れた日々はもう戻ってはこない。

おちえは歯を食いしばり、涙を堪えた。


作助は歩いた。

一の橋のたもとまで歩き通した。

ここなんだ。ここで、あの男とぶつかった。

「思い出すんだ。思い出すんだ」

声に出し、自分に言い聞かす。

「思い出すために、こうして歩いてんだぞ」

あの夜と同じように、闇の中を彷徨《さまよ》っている。違うのは、酒を飲んでいないことだ。

思い出せ。思い出せ。

作助は柳の幹にもたれかかった。

風が冷たい。そうだ、同じ風だ。凍えるような川風だ。

川風、黒い影、荒い息。

思い出せないか。何かを……。

気配がした。人の気配が背中に突き刺さる。

振り向いた作助の眼に、刃が映った。闇の中に青く浮いている。

「うわっ、た、助けて」

逃げようとした拍子に足が滑った。尻もちをつく。刃は音もなく近づいてきた。

鬼の剣だ。非情で残虐な光を放つ。

「ひえっ」

作助が悲鳴を上げたのと、横合いから人が飛び出したのは同時だった。刃の打ち合う音が一度だけ、聞こえた。

「そこまでだ。もう逃げられんぞ」

袖を細紐で括った武士が告げる。それが合図だったのか龕灯《がんどう》の明かりが四方から戦う二人を照らし出した。

伊上源之亟と黒覆面の男と。

「謀ったな」

黒覆面の男が跳ぶ。源之亟めがけて一撃を放った。源之亟は辛《かろ》うじて避けたものの、既に息を乱していた。

けけけけけ。

覆面越しに奇妙な笑い声が響く。

「死ね。死ね。死ね」

八双の構えから白刃が振り下ろされる。

「ぎやっ」

叫んだのは覆面の男だった。太刀が地面に転がる。肩にふかぶかと小柄《こづか》が刺さっていた。

「とおっ」

源之亟の刀背《とうはい》が男の鳩尾《みぞおち》に食い込んだ。地面に横倒しになり、男は呻《うめ》いた。覆面を剝《は》ぎ取り、吐瀉《としゃ》する。

「神妙にしていただきやしょう。伊上さまの言う通りでやす」

龕灯《がんとう》を提げた仙五朗が進み出た。

「もう逃げられませんや、八槻さま」

灯《あか》りをもろに受け、八槻要が目を細めた。

おちえとおちえに寄り添うように立つ若い男を、見定めたはずだ。

しかし、何も言わなかった。唇を釣り上げあの奇妙な笑声を響かせただけだ。

けけけけけ。

「これで師範代の濡れ衣は晴らせた。けれど、榊道場にとっては同じ痛手だったな」

源之亟が湯呑みを見詰めながらささやくように言った。

丸仙の縁側。

春を思わせるうららかな陽が注いでいる。枯れた草の匂いさえ香ばしく漂う。

そこに、源之亟と仙助、それに仙五朗が座っていた。少し、離れて、おちえは畏《かしこ》まっている。

「八槻は何もかも白状したそうでやす。昔の殺しも含めて、全てをね。元服したころから、娘を殺したくてたまらなかったそうで。何の手向かいもできず死んでいく娘を見るのが愉快だったとか。何人か殺せば、その衝動がふっつり収まるんだそうでやすよ。四年前の殺しのときも、五人殺して嘘のように消えちまったとか。けど、消えたんじゃなくて縮んでただけだったんでやすねえ。自分の将来《さき》を考え鬱々とする日々のなかで、またぞろ狂気が頭をもたげてきた……そういうこってす」

「そんな……そんなやつには見えなかった」

源之亟が身体を震わせる。源之亟にとって、要は同門であるだけでなく友でもあった。その要を、自らの手で倒し正体を暴いた。言いようのない想いが錯綜しているだろう。

源之亟の顔色が青白い。要が捕えられてから三日が経つが頰に血の気が戻ってこないのだ。それは、おちえも同じで、頰に手をやるといつもひやりと冷たかった。

身体ではなく心が凍えている。

「けど、どうして、その八槻って野郎が怪しいと睨んだんで」

仙助が首を捩《ね》じり、仙五朗に尋ねる。仙五朗は源之亟の脇腹をつついた。

「いや、おれでなく吉澤……一の考えだ。沢原さんが人殺しを楽しんでいたのではないかと、そんな噂を巧妙にばらまいたやつがいるんじゃないかと言って。それで、調べてみたんだ。おれは誰からそんな話を聞いたのだったか。他の門弟はどうかって……。そしたら……」

「八槻が浮かんだわけでやすね」

「うん……」

源之亟が子どものようなうなずき方をした。

「八槻が一人目の武家の娘を殺したのはたまたまだったんでやすよ。町人の娘と思い込んで襲ったら、とんだ手向かいを受けて驚き、ばっさり殺っちまったそうで。丁度、そのころ婿入りの話がまとまりかけていて、殺しから手を引くのにはいい潮時だと思い、思えば最後に凝った殺しをやりたくなった。武家の女を殺して、罪を誰かになすりつけてやろうと考えた」

「うへっ」

仙助が首を竦める。

「そのとき閃いたのが沢原さまと直江さまの関わり合いだったんでやすよ。ええ、二人は若いころ惹かれあった仲だった。で、八槻はそれを知ってたんでやす。直江さまに可愛がられて、屋敷に出入りしていたそうなんで」

「可愛がってくれた女を殺す企《くわだ》てをしたってかい。そいつは人間じゃねえな」

「八槻は直江さまを子ども心に慕っていた。慕っていたから、最後の犠牲にしたかったと言ってるそうで。もうこのあたりになると、あっしたちには思案の埒外《らちがい》ですよ」

仙五朗が早口になる。

「直江さまに沢原さまからと偽って文を渡す。そうやっておびき出して、斬り殺したんでやす」

「じゃあ。沢原さまは死ななくてよかったじゃねえか。なぜ、腹を切ったりしたんだよ」

「そこがまた、八槻の禍々しいところで。沢原さまにも偽の文を出していたんでやすよ。約束の刻をずらして、同じ場所に呼び出していた。沢原さまが釣られて出てくるようなら、上手く下手人にしたてるつもりだったんで。ところが、沢原さまは来なかった。直江さまのことは昔のこと、今の奥方やおじょうさまを大切にお思いになったんでしょうかねえ」

「だったら、切腹は……」

「自分が行かなかったから直江さまが殺された。そう思い込んだ、いや、思い込まされたんですよ。八槻にね。まったく鬼のような舌を持っていやがるぜ」

「慙愧《ざんき》の念に堪えかねて、自死を選んだってわけか。やりきれねえな」

「ほんとにやりきれねえ。沢原さまの切腹のおかげで、八槻はまんまと下手人の皮を死人に被せちまった。まあ、一さんがいなかったら、このますんなり事が済んだかもしれねえ。背筋が寒くなりまさあ」

おちえの背筋も寒い。

作助に頼んで芝居をうってもらったのも、要にそれとなく作助のことを知らせたのも、みんな一居の計だ。

張り巡らせた網に凶暴な獣は飛び込んできた。

要は死罪になるだろう。

だが、それが何になる。

死んだ者は誰も帰ってこない。榊道場は閉門し、八槻家は取り潰される。救いは、正造が下手人の捕縛を知り声を上げて泣いたこと、泣きながらお信のために鶴の模様を刺したいと仙助に訴えたことだ。それはもしかしたら、正造の生への一歩になるかもしれない。そしてもう一つ、作助が晴れ晴れと笑ってくれたことだ。「あっしみてえな、どうしようもない男でも世間の役に立てたんですね。それが、何より嬉しいです」と。

「まあでも、丸仙の。あの新弟子はてえしたもんでやすね。頭の巡りもいいし、小柄の投げっぷりも見事でやした。そういえば、一さんはどうしてやす」

「仕事場で、修業中ですよ。怠けた分を取り返さなくちゃいけないんでね」

仙助が奥に向け顎をしゃくる。

おちえは思い出した。

三日前の夜、一の橋から帰る道筋、一居は告げたのだ。

「おじょうさん、わたしはいつか、風雪飛鳥模様《ふうせつあすか》を縫いあげてみたいんです」

「風雪飛鳥模様……」
「ええ。雪交じりの風の中を真っ直ぐに飛ぶ鳥を」
一居はそれきっり黙りこんだ。
おちえも何も尋ねなかった。
風雪飛鳥模様。
そこに一居はどんな想いを縫い込むのか。
あたしは……あたしは、どうする。
おちえは胸の上で指を握り込む。
あたしは、これからどう生きる？　榊道場のなくなったこの江戸で……。
これからだ。ここから、あたしの勝負が始まる。
空を仰ぐ。
一羽の白い鳥が、羽を広げ、風に背いて飛んでいく。
その姿をおちえは確かに見たと思った。

〈初出誌〉
「月刊ジェイ・ノベル」二〇一四年十一月号〜二〇一五年十月号

執筆にあたり、以下の皆さま方のご協力をいただきました（五十音順、敬称略）。
杉下晃造、杉下陽子、竹内功
この場を借りて深く御礼申し上げます。

［著者略歴］
あさのあつこ
1954年岡山県生まれ。青山学院大学文学部卒業。小学校講師をへて、1991年デビュー。『バッテリー』で野間児童文芸賞、『バッテリーⅡ』で日本児童文学者協会賞、『バッテリー』シリーズで小学館児童出版文化賞、『たまゆら』で島清恋愛文学賞を受賞。児童文学からヤングアダルト、現代小説まで、ジャンルを超えて活躍している。時代小説にも定評があり、〈弥勒〉〈燦〉〈おいち不思議がたり〉〈闇医者おゑん秘録帖〉などの人気シリーズがある。小社刊行の作品に『花や咲く咲く』。

風《かぜ》を繡《ぬ》う

2016年8月15日　初版第1刷発行

著　者／あさのあつこ
発行者／岩野裕一
発行所／株式会社実業之日本社
〒153-0044　東京都目黒区大橋1-5-1　クロスエアタワー8階
電話（編集）03-6809-0473　（販売）03-6809-0495
振替　00110-6-326
http://www.j-n.co.jp/
小社のプライバシー・ポリシーは上記ホームページをご覧ください。

ＤＴＰ／株式会社ラッシュ
印刷所／大日本印刷株式会社
製本所／株式会社ブックアート

ISBN978-4-408-53691-0（第二文芸）